파도는 잘못이 없다

파도는 잘못이 없다

초판 1쇄 발행   2019년 5월 1일

지은이   김선희

발행인   박운미
편집장   류현아
편집   김진희
디자인   [★]규
일러스트   운아
조판   박종건
교열   김화선
마케팅   김찬완
홍보   이선유

펴낸 곳   (주)알피스페이스
출판등록   제2012-000067호(2012년 2월 22일)
주소   서울 강남구 영동대로 315, 비1층(대치동)
문의   02-2002-9880
블로그   the_denstory.blog.me
ISBN   979-11-85716-80-0   03810
값   13,000원

Denstory는 (주)알피스페이스의 출판 브랜드입니다.
파본이나 잘못된 책은 구입하신 곳에서 바꿔드립니다.

이 도서의 국립중앙도서관 출판예정도서목록(CIP)은 서지정보유통지원시스템
홈페이지(seoji.nl.go.kr)와 국가자료공동목록시스템(www.nl.go.kr/kolisnet)에서
이용하실 수 있습니다. (CIP제어번호 : CIP2019015502)

파도는 잘못이 없다

그물에 걸린 고등어가 내게 가르쳐준 것들

김선희 지음

Denstory

있는 그대로 보고,
있는 그대로 듣기

제 인생은 태어날 때부터 거의 정해져 있었습니다. 할아버지가 일궈놓은 수산업을 3대째 이어가는 일. 그런 상황이 남들 눈에는 좋게 보였을지도 모릅니다. 실제로 저는 큰 어려움 없이 자랐고, 다른 사람들보다 많은 선택의 기회를 가질 수 있었으니까요. 하지만 남들보다 조금 더 큰 새장에 갇혀 있었을 뿐, 세상이라는 새장 안에 갇혀 있는 것은 남들과 크게 다르지 않다고 생각했습니다. 오히려 제가 갇힌 새장은 넓은 만큼 더 촘촘하고, 단단하다고 생각했습니다. 몇 번의 탈출을 시도했지만 도저히 빠져나갈 수 없을 만큼요. 그 후 저는 새장 속 삶에 익숙해졌습니다. 점점 더 바깥세상은 알 수 없는 곳이 되었고, 두려운 곳이 되었습니다.

별생각 없이 그곳에서 대충대충 살아가던 어느 날이었습니다. 친한 동생이 『마음보기』라는 책 한 권을 건넸습니다. 자신은 책과 함께 앱을 활용해 명상을 하고 있는데 상당히 효과가 좋다며, 저에게도 잘 맞을 것 같다나요?

'명상을 하면 과연 변화가 생길까? 도대체 어떻게 달라진다는 것일까?' 처음엔 단순한 호기심이었습니다. 관련 도서를 여러 권 사보고, 꾸준히 앱을 활용해 명상을 해봤습니다. 갈수록 궁금한 게 많아졌습니다. 수행처와 스승을 찾아 나섰고, 좋은 스승을 여럿 만날 수 있었습니다.

그중 한 스님께서 수없이 강조한 말이 있습니다.

"있는 그대로 보고 있는 그대로 들어라."

처음에는 이 말이 얼마나 중요한지 잘 알지 못했습니다. 꾸준히 일상에서의 수행을 하며 어느 정도의 시간이 흐른 후에서야 그것이 전부인 것을 알게 되었습니다.

누구나 자신만의 기준이 있습니다. 그 기준에 맞춰 살다 보니 있는 그대로 보고, 있는 그대로 듣는 것은 불가능해집니다. 저는 그동안 제가 갖고 있는 기준을 없애기 위해 '매 순간'의 나를 관찰하는 노력을 해왔습니다. 그 결과, 지금까지의 '가짜'의 나에서 멀어지고, '진짜'의 나에 가까워졌습니다. 본연의 나를 마주하고 사랑하다 보니, 그동안 가지고 있던 두려움들이 사라지기 시작했습니다. 저를 가두고 있던 단단한 새장과 두려운 새장 밖 세상은 제 생각이 만들어낸 것일 뿐이라는 것도 알게 되었습니다. 생각을 깨부순 결과, 완전한 자유를 얻었습니다.

'내가 할 수 있으면, 다른 사람도 할 수 있다. 내가 경험하고 알게 된 것을 알려야겠다'라는 생각이 이 책이 되었습니다. 저에게 보이고 들리는 것들을 관찰함과 동시에 스스로를 들여다보면서 깨달은 것들을 썼습니다. 물론 책에 담겨 있는 저의 관점이 정답은 아닙니다. 조금은 다른 저만의 관점을 참고하면서, 여러분도 외부에서 일어나는 일들과 스스로를 잘 관찰해보면 좋겠습니다.

세상에 '좋고' '나쁘고' '원래 그런 것'은 없습니다. 내가 그렇게 생각하기 때문에 그렇게 느껴지는 것뿐입니다. 삶은 '나를 알아가는 과정'이라는 생각이 듭니다. 답은 외부에 존재하지 않습니다. 내 안에 있습니다. 진정한 나를 만날 때, 답은 자연스레 드러날 것

입니다. 진짜 자기자신을 만나게 되어서, 있는 그대로 보고 있는
그대로 들을 수 있기를, 그리고 자유로워지기를 바랍니다.

2019년 4월

김선희

차
례
~~~

## 1장

고등어가 내게 말했다

내
가
이
룬
내
것
?

저는 주로 밤에 일을 합니다. 제주도에서 생선을 싣고 출발한 배
들이 부산의 위판장으로 들어오는 시간은 주로 저녁 이후니까요.
위판장의 경매 시간은 오전 6시로 고정되어 있기에, 각 회사들은
경매 전까지 생선의 선별을 마쳐야 합니다. 저는 인부들이 선별
작업을 잘 진행할 수 있도록 관리 감독하는 일을 합니다. 작업을
시작할 때와 마무리할 때를 제외하곤 상당히 한가한 편이라 생각
할 시간이 많습니다.

선원들은 높은 파도가 치는 험한 환경에서 생선을 잡고, 인부들
은 보통 밤 10시부터 오전 6시까지 추운 위판장에 쪼그려 앉아

손으로 생선을 선별하여 상자에 담습니다.

내가 이토록 편하게 먹고살 수 있는 것은 저렇게 열심히 일을 하는 사람들이 있기에, 또한 인간에게 거저 베푸는 자연이 있기에 가능하다는 생각이 들었습니다. 물론 그들이 대가 없이 일하는 것도 아니고, 우리는 자본과 기술을 활용해 대량으로 고기를 잡습니다. 하지만 선원 및 인부들과 자연이 없다면 이 모든 것은 불가능했을 것입니다.

내가 할 수 있는 일은 무엇일까를 생각해봅니다. '너희는 거저 받았으니 거저 주어라'라는 성경의 한 구절이 떠오릅니다. 모든 것을 내 노력으로 이룬 것이라고 생각하면 거저 받았다는 생각은 할 수 없으니, 거저 준다는 것은 상상조차 할 수 없습니다. 현실에서는 너무도 적용하기 어려운 말이겠죠.

물론 내 노력이란 것이 있었을 겁니다. 높은 나무에 열린 열매를 따려면 나무에 오르는 노력은 해야 합니다. 그렇게 얻은 열매는 순전히 내 노력으로 얻은 것일까요? 아무리 열심히 나무에 올라도, 애초에 열매를 맺지 않는 나무라면 아무 소용이 없습니다. 열매를 맺는 나무라도 여러 조건이 갖춰져야 열매가 열립니다.

이렇듯 보이는 것이 전부가 아닙니다. 열매를 손에 넣기까지는 눈에 보이지 않는 많은 것들이 작용합니다. 어떤 조건 하나도 부족함 없이 적절하게 갖춰져야 비로소 열매를 손에 넣을 수 있는 것이죠.

조물주가 아닌 이상 어느 것 하나 나 혼자만의 노력으로 이룰 수 있는 것은 없습니다. 이렇게 생각하면 '내가 이룬 내 것'이라는 자만이 끼어들 틈도 없지 않을까요? 그렇다면 나누는 것도 어렵진 않을 겁니다.

내가 이룬 것, 내 것이라는 생각으로 꽉 움켜쥐지 않고 주어진 삶속에서 능력을 잘 활용하고 나눌 때, 오히려 우리의 삶은 풍요로워질 것입니다. 높은 나무의 열매를 딸 때, 눈 좋은 사람은 열매를 찾고 나무를 잘 오르는 사람은 나무에 오르면 되는 것이겠죠. 오늘도 내가 있는 자리에서 내가 할 수 있는 것은 무엇인지, 최선은 다하고 있는지, 나는 그 능력을 나눌 준비가 되어 있는지 생각해봅니다.

저는 사체를 많이 보는 직업을 가졌습니다. 매일 수많은 고등어
의 사체를 접합니다. 고등어가 무슨 사체냐고 생각할지도 모르지
만, 우리가 먹는 생선 대부분은 사실 사체가 맞습니다. 다만, 사체
라는 생각을 한 번도 해보지 않았기 때문에 어떤 거부감도 들지
않는 것이겠죠.

온도가 30도를 웃도는 여름의 위판장은 썩어가는 생선 냄새로
가득합니다. 상품 가치가 없어 바닥에 버려진 생선을 운송 차량
이 밟고 지나가고, 그 주위에는 언제나 갈매기와 파리 떼가 들끓
습니다.

이런 광경을 보고 있으면 죽음이란 무엇인가, 저절로 생각하게 됩니다. 빳빳한 사체에서는 차가운 기운만 느껴지지만, 사체라는 먹잇감을 두고 서로 경쟁을 펼치는 갈매기와 파리들에게서는 엄청난 기운이 느껴집니다. 경쟁에서 이긴 놈들은 사체를 통해 에너지를 얻고 힘찬 날갯짓을 하며 날아갑니다. 우리 인간도 마찬가지입니다. 다른 생명의 죽음을 섭취함으로써 힘을 얻으니까요.

한 생명체에게 죽음이란 그 존재로서의 끝을 의미할 것입니다. 하지만 조금 더 넓은 관점으로 본다면, 그것은 끝이 아닌 또 다른 시작일 수 있습니다. 죽음을 통해 다른 생명체의 한 부분이 되기도 하고, 때론 파란 하늘이, 구름이, 공기나 물이, 또는 땅의 일부가 될 수도 있을 것입니다. 그런 존재가 되었을 때 특별히 우리가 할 수 있는 것은 없을 것입니다. 단지 각각의 존재로서 존재할 때, 세상은 또 알아서 균형을 맞출 것입니다.

우리는 인간이라는 존재로 태어났을 뿐이고, 유일하게 할 수 있는 일은 인간으로서 존재하기가 아닐까 합니다. 그리하여 죽음이 찾아오는 날, 편안하게 인간이라는 존재의 마지막을 맞이하면 되겠죠. 다음에는 또 어떤 존재로 태어날지 알 수 없어도 미리 걱정할 것은 없습니다. 그때가 되면 또 있는 그대로 존재하면 될 테니까요.

인생은
거짓말을 안 한다

배에는 고기를 잡기 위한 장비들이 꽤 많습니다. 그물을 끌어 올리기 위한 크레인, 물고기 무리를 탐지하기 위한 각종 전자장비, 플랑크톤을 유인하기 위한 조명 등이 있습니다. 어느 하나라도 제대로 작동하지 않으면 조업에 지장이 생깁니다.

우리 회사의 배들은 나이가 꽤 많습니다. 제 할아버지가 살아계실 때 건조한 배들도 많으니 대부분 서른 살이 넘었죠. 그러다 보니 각종 문제가 밥 먹듯이 생깁니다. 대부분은 바다 한가운데서도 조치가 가능한 작은 문제지만, 부산까지 돌아와야만 수리가 가능한 큰 문제들도 가끔 일어납니다. 그렇게 되면 수리비도 수

리비지만, 고기가 한창 많이 잡히는 시기에는 고기를 잡지 못하는 만큼 엄청난 기회비용의 손실이 생기는 셈입니다. 자칫 잘못하면 한 해 농사를 다 망칠 수도 있습니다.

큰 고장이나 파손으로 배가 부산으로 들어왔을 때, 수리를 담당하는 분들이 가끔 "기계는 거짓말을 안 한다"라는 말을 할 때가 있습니다. 기계는 비교적 인과관계가 명확하기에 사고의 결과를 보면 무엇이 원인이었는지 쉽게 유추할 수 있습니다. 사고의 원인이 기계 자체의 결함 때문인지, 기계를 다루는 사람의 잘못 때문인지 명확히 가려낼 수 있는 것이죠. 기계를 다루는 사람의 잘못 때문에 사고가 일어났다고 기계가 말하고 있는데, 정작 담당자가 오리발을 내밀면 "사람이 거짓말을 하고 있다"라는 우회의 표현으로 저 말을 씁니다.

눈에 보이는 뻔한 사고를 쳤을 때는 잘못을 인정하는 것이 어렵지 않습니다. 그러나 잘 드러나지 않는 애매한 사고를 쳤을 때는 대부분 자신의 잘못은 덮어두려 하고 잘 인정하지 않으려 합니다. 책임의 무게와 그로 인해 타격을 입을 자신의 이미지를 생각하면 그럴 만도 합니다. 하지만 그로 인한 문제가 눈덩이처럼 커지면 자신뿐만 아니라 주변까지 다치게 된다는 것을 알아야 합니다.

누구도 완벽하지 않습니다. 누구나 잘못은 합니다. 잘못하는 것은 나쁜 게 아니지만, 같은 잘못을 반복하는 것은 나쁜 것입니다. 잘못의 반복을 멈추는 것은, 잘못을 인지하고 받아들이는 것으로부터 시작합니다. 잘못을 어떻게 다루느냐에 따라 인생은 달라집니다. 기계만 거짓말하지 않는 것이 아닙니다. 우리의 인생도 거짓말하지 않습니다.

≈≈≈

그물에 걸린
고등어처럼

그물에 잡혀 올라오는 고등어들을 볼 때마다 이런 생각이 듭니다.
'얘들은 왜 이렇게 떼죽음을 당하는 걸까?'

고등어를 잡는 방법을 설명해볼게요. 먼저 물고기 떼가 있는 곳
을 탐지하고, 그곳에 불을 밝힙니다. 그러면 불빛에 플랑크톤이
모여들고, 플랑크톤을 먹기 위해 뒤이어 고등어 떼가 따라옵니
다. 그때 고등어를 잡는 것이죠.

고등어 같은 물고기들은 떼를 지어 다닙니다. 한두 마리가 방향
을 틀면 우르르, 반사적으로 따라갑니다. 그물에 조그마한 틈이

있어서 한 마리라도 빠져나가면, 나머지가 모두 그 틈으로 따라나가기도 합니다. 단순히 반응만 하는 것이지요.

플랑크톤을 따라올 때도 마찬가지겠죠. "저기 플랑크톤이 많으니까 우리 다 같이 가보자" 하고 움직이지 않습니다. 본능적으로 한두 마리가 먼저 방향을 틀면, 나머지는 자연스럽게 따라오는 것이겠죠. 게다가 먹이가 있으면 배가 부르도록 먹는 물고기의 특성상, 사람이 던진 덫인지도 모르고 몇 시간씩 그 자리에서 배를 채우다가 떼죽음을 당합니다. 결국 본능에만 반응하며 살다가 죽음이라는 가장 큰 고통을 겪게 되는 것입니다. 언제 어디서 어떻게 죽더라도 전혀 이상할 게 없는 삶입니다.

어떻게 보면 우리의 삶도 고등어와 크게 다르지 않다는 생각이 듭니다. 주위의 대부분이 소비를 미덕으로 삼으며 사니까, 그것이 잘못된 것이라고는 의심조차 하지 않습니다. 또한 한번 욕망이 충족될 때의 쾌락을 맛보게 되면, 계속해서 그 욕망을 채우기 위해 노력하죠. 그러다가 갑작스러운 불행을 만난다 해도 이상할 것이 없습니다. 그물에 걸린 고등어처럼요. 그렇게 되지 않으려면 내가 지금 간절히 원하는 것이 남들이 좇는 달콤한 쾌락은 아닌지 늘 의심해야 할 것입니다. 그것이 바로 나 자신을 위한 삶입니다.

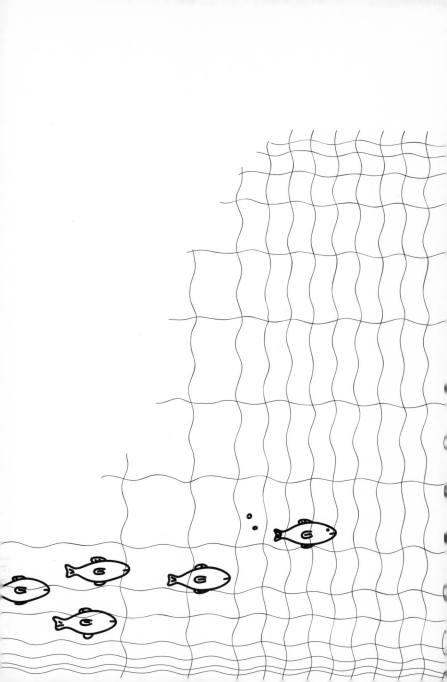

나쁜 일, 편한 얼굴

최근 오랜만에 만난 사람들은 제게 하나같이 이렇게 말합니다. 일이 잘되느냐고, 얼굴이 좋아 보인다고요. 일은 망하기 직전이라고 대답하면, 그런데도 얼굴이 어떻게 그리 편안할 수 있느냐고 되묻습니다. 저는 다시 대답하죠. 일은 일이고 나는 나라고, 일과 얼굴은 상관없는 것이라고요.

일이 잘돼서 경제적으로 풍요롭고 남부러울 것 없어 보이는데도 항상 인상을 찌푸리는 사람들이 있습니다. 그렇다면 당연히 반대의 경우도 있을 수 있겠죠. 되는 일도 없고 남들이 보기엔 나쁜 상황이라도 웃을 수 있지 않을까요?

내
일
죽
게
되
다
면

"지(자기) 죽을 짓은 절대 안 한다."

제가 일하는 업계에서 흔히 하는 말입니다. 선원들은 다른 사람들보다 죽음을 가까이서, 자주 접합니다. 옆에서 일하던 동료가 한순간에 사고로 세상을 떠나는 모습도 종종 목격하기에 죽음은 멀리 있지 않다는 생각을 항상 하고 있죠. 그렇기에 욕심과 목숨을 바꿀 정도로 무모한 짓은 하지 않습니다.

조업이 가능할 듯 말 듯 애매하게 위험한 날씨에 배들이 항구를 나설 때, 육지에 남는 직원들이 저 말을 합니다. '상황이 웬만하니까 나갔을 것이다. 그러니 걱정하지 않아도 된다'라는 의미가 담겨 있는 것이죠.

우리는 죽음이란 먼 미래의 일이라고 생각합니다. 언제든 자신이 죽을 수도 있다는 생각을 하지 못합니다. 갑자기 천장이 무너져 내려 옆에 있던 사람이 죽는 일은 좀처럼 일어나지 않으니까요. 그렇기에 영원히 살 것처럼 시간을 낭비하고, 순간의 쾌락을 위해 무모한 짓을 하는 게 아닐까 합니다.

죽음이라는 것을 생각하며 살 때, 삶을 잘 살아갈 수 있는 지혜를 얻을 수 있습니다. 죽음은 삶에서 불필요한 것들을 걸러내는 역할을 하니까요. 생각해보세요, 곧 죽게 된다면 지금 무엇을 할 건가요? 소중한 누군가가 곧 죽는다면 그와 함께 지금 무엇을 할 건가요?

그렇다고 '곧 죽을지도 모를 인생, 마음대로 즐기자'라고 하면 곤란합니다. 내일 죽을 것처럼 막살면 내일부터 당장 문제가 되니까요. 사람 목숨이란 게 또 막 그렇게 쉽게 끊기지는 않는다는 것도 잊지 않기를.

준
비
만
하
는
인
생

사람은 욕망합니다. 그것도 끊임없이요. 욕망하는 것을 이루기
위해 준비만 하다가 죽는 순간까지 발버둥 칩니다.

어릴 때는 학교에 들어갈 준비를 하고, 학교에 들어가면 또 다른
학교에 가기 위한 준비를 합니다. 학업을 어느 정도 마칠 즈음이
면 이제는 일자리를 갖기 위한 준비를 합니다. 일자리를 찾으면
가정을 꾸릴 준비를 합니다. 집을 마련하고 결혼을 하면 부모가
될 준비를 합니다. 아이가 태어나면 다시 아이를 학교에 보낼 준
비를 하고 학교에 보내고 결혼시킬 준비를 합니다. 그렇게 하다
보면 어느새 몸은 늙고 지쳐 있습니다. 그때가 되면 천국을 욕망

하며 천국에 가기 위한 준비를 합니다. (천국이 있어서) 천국에 간다면 거기서는 또 어떤 준비를 하게 될까요?

수많은 욕망을 품고 사는 인간이 궁극적으로 욕망하는 것은 진정한 행복일 것입니다. 하지만 욕망하는 자는 결코 행복을 가질 수 없습니다. 행복은 현재에만 존재하는데, 욕망이 이루어질 미래를 준비하며 사는 것은 지금 이 순간이 아니라 미래를 사는 것이기 때문입니다.

미래는 아직 존재하지 않습니다. 과거는 기억 속에만 존재할 뿐, 이미 사라졌습니다. 오직 존재하는 것은 지금 이 순간밖에 없습니다. 당신이 원하는 행복은 지금 이 순간에 존재할 때만 느낄 수 있는 것입니다. 진정으로 행복해지고 싶다면, 행복을 욕망하지 마세요. 단지 이 순간 있는 그대로의 모습으로 존재하세요.

그
럼
에
도

불
구
하
고

용기란 아무것도 두려워하지 않는 것이 아닙니다.

두려움을 느끼면서도 피하거나 도망치지 않고 인정하고 받아들

이며 그 상황에 맞는 일을 하는 것입니다.

우선순위

계획을 세울 때 가장 중요한 것은
올바른 방향을 설정하는 것입니다.

중학교 2학년 겨울방학을 외갓집에서 보내다가 친할아버지께서 돌아가셨다는 소식을 들었습니다. 상당히 엄하셨기 때문에 전 항상 그분을 무서워했습니다. 하지만 처음으로 접하는 가족의 죽음은 큰 슬픔으로 다가왔습니다.

제 아이들에게 돌아가신 할아버지는 어떤 의미일까요? 녀석들에게는 증조할아버지입니다. 아빠의 아빠의 아빠죠. 분명 존재하셨던 분이지만 더 이상 존재하지 않는 분인지라, 죽음에 대한 개념이 명확하지 않은 아이들에게 그분을 설명하는 것은 쉽지 않습니다. 설령 제가 잘 알아들을 수 있도록 설명을 하고, 할아버지가 사

업가로서 대단했다는 것을 알려주어도 아이들에게는 큰 의미가
없을 것입니다.

저의 증조할아버지를 생각해봅니다. 얼굴을 본 적도 없고, 어렸
을 때부터 줄곧 그분의 제사에 참석했지만 그분에 관해 이야기를
들은 기억은 거의 없습니다. 물론 할아버지의 아빠라는 사실은
잘 알고 있었지만요.

제가 증조할아버지의 존재를 믿건 믿지 않건, 그를 어떻게 생각
하건 간에 그가 나의 증조할아버지라는 사실에는 변함이 없습니
다. 마찬가지로 만물을 창조한 신이 존재한다면, 제가 그를 믿건
믿지 않건 내 믿음의 여부와는 상관없이 그는 나의 창조주이고
저는 그의 피조물인 것입니다.

현실은 망나니처럼 살면서 전지전능한 신이 나의 아버지라고 부
르짖기만 하는 것은 의미가 없습니다. 만약 신이 존재하고 우리
에게 바라는 것이 있다면, '신은 나의 아버지'라고 고백하지 않더
라도 자신이 창조한 모든 것들 사이에서 조화를 이루며 사는 것
이 아닐까요? 그러니까 우리는 주어진 현실 속에서 잘 살아야 합
니다.

신이 있느니 없느니, 내 신이 맞느니 네 신이 맞느니 하는 소모적
인 이야기는 그만하고, 밥 한 끼라도 꼭꼭 잘 씹어 먹도록 합시다.

두 개의 시선

찬 바람이 불기 시작하면 어시장은 생선들로 넘쳐납니다. 항구에는 만선의 꿈을 이루고 돌아온 배들로 활기가 넘치고요. 야간작업은 보통 밤 10시부터 다음 날 새벽 6시까지 이루어지지만, 이맘때면 연장에 연장을 거듭하는 것이 예사입니다.

야간작업에서 저의 역할은 생선 선별을 지시하고 그 일이 잘 진행되는지를 중간중간 살피는 것입니다. 또한 새나가는 고기가 없는지도 관리 감독하지요. 이 중 저 같은 수산회사 직원들에게 더 중요한 일은 어쩌면 고기가 새나가지 않도록 지키는 일일지도 모르겠습니다. 생선 한 마리 한 마리가 바로 회사의 매출이기 때문에 직원들 눈에 물고기는 물고기가 아닌 돈으로 보일 수밖에 없습니다.

말 그대로 생선이 바닥에 '널린' 환경에서 매일 일하는 인부들이 시장이나 마트에서 제 돈 주고 생선을 사 먹기는 쉽지 않습니다. 그러나 작업이 끝난 후 매일 생선을 달라고 부탁하기도 미안한 노릇이니, 몰래 가져가는 경우가 많습니다. 그러다가 회사 직원에게 적발이 되면 가차 없이 회수를 당하고 욕을 먹기도 합니다. 인부들 입장에서는 밤새도록 널려 있는 생선 속에서 일했는데, 그깟 한 마리를 주지 않는 직원들이 야박하게 보일 것입니다.

밤새 추위에 떨며 일한 인부들의 수고로움을 생각할 때, 생선 한 두 마리 챙겨주는 것이 어려운 일은 아닙니다. 그렇기에 인부들 숫자가 하루 150~200명에 달하는데도 불구하고 더러 노고의 대가로 반찬으로서의 생선을 챙겨주기도 합니다. 그런데 때로 그것을 팔아서 돈을 만드는 인부들을 볼 때면 기분이 안 좋아집니다. 생선으로 준 것인데 돈으로 다뤘으니 그런 것이겠죠.

생선을 생선으로 보는 것과 돈으로 보는 시각의 차이가 마찰을 만드는 것 같습니다. 어떤 위치에 서서 보느냐에 따라서 시각은 바뀝니다. 상대방의 위치에 서보면 왜 상대방이 그런 생각을 하게 됐는지 조금은 이해할 수 있게 됩니다. 마찰이 생길 때는 지금 서 있는 위치에서 상대방의 위치로 이동해서 한번 바라보세요. 같은 것을 상대와 같은 곳에서 바라보려는 노력이 갈등을 줄일 수 있는 가장 바른 노력이 아닐까 합니다.

루
머
의

함
정

후쿠시마 원전 사고가 터지고 몇 개월이 지났을 때입니다. 각종 SNS를 타고 우리나라에서 잡히는 고등어도 방사능에 오염되었다는 이야기들이 퍼져나갔습니다. 우리나라 근해의 고등어가 원전 사고가 있었던 바다까지 오가기 때문이라는 것이었습니다. 당시 일을 시작한 지 얼마 되지 않아 고등어에 대해서 잘 몰랐던 저는 그 소식을 접하고 걱정이 앞서기 시작했습니다. 만약 소문이 사실이라면 저희는 3대째 이어온 업을 접어야 하니까요.

그 후 사실을 확인해보니, 일본의 동쪽 바다를 다니는 고등어와 우리나라 근해의 고등어는 활동 해역이 전혀 달랐습니다. 오염될 이유가 없었던 것이죠. 한동안 수산물 방사능 측정 검사가 강화되어 매일같이 점검했지만, 전혀 이상이 없었습니다. 그러나 SNS를 도배한 루머 때문에 저희는 심각한 피해를 입었습니다.

어시장에서 위판되는 생선의 가격은 철저히 수요와 공급에 따라 결정됩니다. 방사능 고등어 소식으로 사람들의 소비 심리가 위축되어 적은 공급량에도 불구하고 가격이 곤두박질쳤습니다. 업계에서는 근거를 대며 루머에 대응했지만, 한번 생긴 사람들의 편견을 없애는 데는 역부족이었습니다. '방사능 고등어'라는 루머로부터 회복되기까지는 꽤 많은 시간이 걸렸습니다.

사람들은 루머에 민감하게 반응합니다. 특히 그 내용이 공포나 장밋빛 미래를 다룰 때는 더욱 그렇죠. 외부에서 오는 자극이 클수록 감정은 요동치게 되고 상황을 명확하게 볼 수 있는 힘은 약해집니다. 그럴 때, 의식적인 행동이 아닌 무의식적인 반응이 증가합니다. 무의식적인 반응은 자신도 모르게 타인에게 피해를 주기도 합니다. 자극에 바로 반응하지 않고 흔들리는 자신의 감정을 차분히 바라볼 수 있다면, 휘둘리지 않고 바른 판단을 할 수 있을 것입니다.

공포에 벌벌 떨 일도, 분개할 일도, 기쁨에 넘쳐 뛸 일도 없습니다. 단지 자신의 마음이 그렇게 요동치는 것이겠지요. 뉴스를 접했을 때, 반응하기보다는 변화하는 자신의 감정을 차분히 지켜볼수 있으면 좋겠습니다.

마지막 순간

며칠 전 할아버지의 제사를 모셨습니다. 영정 사진 앞에서 할아버지에 대한 기억을 떠올려봅니다. 할아버지께서는 부모님을 일찍 여의고 누나의 보살핌으로 크셨다고 합니다. 요즘 말로 '흙수저'였던 셈입니다. 그러나 할아버지는 사회적으로 크게 성공하셨습니다. 돌아가신 지 20여 년이 지난 지금도 많은 분이 할아버지를 정말 대단한 분이셨다고 기억할 정도입니다. 하지만 저는 남들과는 다른 기억을 갖고 있습니다. 바로 간암 진단을 받으신 후의 모습입니다.

할아버지는 온갖 좋은 음식을 구하셨고, 좋은 의료 시설에서 투

병을 하셨습니다. 그리고 가족들을 볼 때마다 미안하다고 말씀하셨습니다. 사회적 성공만을 향해 달려오느라 가족들에게 마음을 쓰지 못한 것에 대한 사과였습니다.

돌아가실 날이 얼마 남지 않게 되자, 할아버지는 스님, 목사님, 신부님을 병실로 한 분씩 차례로 모셨습니다. 죽음 이후의 세계에 대한 두려움 때문인지, 아니면 죽음에서 벗어나고 싶은 열망 때문이었는지는 모르겠습니다만, 할아버지는 종교에서 어떤 식으로든 도움을 받고 싶으셨던 것 같습니다. 그렇게 강했던, 남부러울 것 하나 없던 분이 죽음 앞에서는 아무것도 할 수 없는 한낱 인간일 뿐이라는 것을 깨닫고 인간을 넘어선 어떤 존재에 의지하고 싶은 마음이 생겼던 게 아닌가 싶습니다. 그런 간절함에도 불구하고 할아버지는 얼마 뒤 생을 마감하셨습니다. 마지막에 어떤 생각이 드셨는지, 편안하고 두려움 없이 떠나실 수 있었는지 궁금합니다. 아니, 그렇게 가셨기를 소망해봅니다.

누구에게나 마지막 순간이 옵니다. 삶의 끝자락에서 후회가 없도록, 죽음을 향해 미소 지을 수 있도록, 미련 하나 없이 홀가분히 세상을 떠날 수 있도록, 그렇게 살았으면 좋겠습니다.

내일 당장 죽을 수도 있다고 생각하며, 삶에서 불필요한 것들을 걷어내고 진정으로 필요한 것에 집중하며 살면 그렇게 되겠지요?

신을
믿
는
다
면

신을 믿나요?

세상의 모든 일이 신의 섭리대로 돌아간다고 생각하나요?

그렇다면 당신은 왜 좀 더 풍족하게 해달라고, 좋은 반려자를 만나게 해달라고, 아프지 않게 해달라고, 주위의 모두가 건강하게 오래 살게 해달라고, 행복하게 해달라고 어린아이처럼 항상 신에게 징징거리나요?

간절한 소망이 담긴 기도가 이루어지지 않으면 "신은 어디 계십니까, 어째서 저에게 이런 고통을 주십니까?"라고 원망한다면, 당신은 이제껏 당신이 원하는 신을 믿고 있었던 겁니다.

진정으로 신이 있다고 믿는다면, 그의 섭리를 믿는다면, 그에게 온전히 자신을 맡기세요. 벌어지는 모든 일을 받아들이고 그 속에 담긴 신의 메시지를 들으려고 노력하세요. 그 메시지가 신이 당신에게 주는 가장 큰 선물입니다.

≈≈≈

100년이라는 찰나

둘째 아들이 갑자기 공룡 메카드에 관한 이야기를 쏟아내기 시작했습니다. 그것도 엄청 진지하게요. 그 모습이 너무 귀여워서 "응, 그렇구나"라고 호응하며 지켜보았습니다.

요즘 제 아이들에게 공룡 메카드보다 중요한 것은 없습니다. 첫째와 둘째는 공룡 메카드를 두고 때론 서로 엄청나게 싸우기도 하고, 새로운 버전을 갖기 위해 며칠 동안 저에게 순종하기도 합니다. 어른들의 눈으로 봤을 때는 아무 의미 없는 장난감일 뿐이지만, 아이들에겐 밥보다 잠보다 돈보다 더 중요한 것이죠.

문득 그런 생각이 들었습니다. 만약 외계의 다른 존재나 신이 우리를 지켜본다면, 우리를 이해할 수 있을까? 우리는 아무 의미 없는 것들에 의미를 부여하고 불필요한 곳에 에너지를 쏟으면서 사는 게 아닐까, 하는 생각이었습니다. 통장이나 화면에 표시되는 숫자를 위해 오로지 일만 하기도 하고, 검은 액체를 쟁취하기 위해 서로 총부리를 겨누기도 하며, 먹기 위해 열심히 운동하기도 합니다. 이런 우리의 행위를 그들은 어떤 눈으로 바라볼까요? 무엇보다 100년 남짓한 인간의 삶은 우주적 프레임을 적용해보면 순간일 뿐이겠죠. 그렇게 본다면 크게 의미 있는 일은 없습니다. 그저 한 번이라도 더 웃고, 남도 함께 웃게 하면서 살면 되는 것이겠죠.

배에서 그물로 잡아 올린 생선에는 얼음을 그야말로 들이붓습니다. 선도를 유지하기 위해서죠. 차가운 얼음을 맞으면 생선은 피를 토해냅니다. 피가 많이 빠져나갈수록 높은 선도를 유지할 수 있습니다. 따라서 핏물의 농도만 봐도 선원들은 대충 선도를 짐작할 수 있습니다.

배가 위판장으로 들어오는 날이면 적게는 수천에서 많게는 수십만 마리의 고등어를 접합니다. 늘 접하는 고등어는 저에게 그냥 고등어일 뿐이었습니다. 일상의 수행을 지속하던 어느 날, 선별된 고등어를 바라보다 문득 한 생각이 머리를 때렸습니다.

'애들은 죽어가는 과정에서 얼마나 고통스러울까?'

그동안 일로서 먹거리로서 물고기의 사체를 다뤘을 뿐, 죽기 전에는 하나의 생명체였다는 사실을 생각지도 못하고 있었던 것입니다.

'먹고살기 위해 돈은 벌어야 하지만, 굳이 다른 존재의 고통을 대가로 돈을 벌어야만 할까? 고통이나 번거로움을 덜어주는 일을 하며 돈을 벌 수는 없을까? 누구도 고통받지 않고 만족할 수 있는 일은 없을까?' 등의 생각들이 생겨나기 시작했습니다.

너무도 발전한 세상 덕분에 무엇을 하더라도 먹고살 수 있게 되었습니다. 단순히 돈만 벌어 생기는 경제적인 여유보다는, 다른 존재의 고통을 돌아볼 수 있는 마음의 여유가 더 필요하지 않을까 하는 생각을 해봅니다.

≈≈≈

혼자만의 시간

상대방이 약속 시간에 늦거나 급하게 약속 자체를 깼을 때, 어떻게 하나요? 기다리는 동안 지루함을 많이 느끼거나, 붕 뜬 시간을 무엇을 하며 보내야 할지 당황스럽지는 않나요? 그런 시간을 나만의 시간으로 만들어보세요.

걷고, 보고, 듣고, 호흡을 느끼면서 나를 둘러싼 공간에 그대로 존재해보기도 하고, 먹을 때는 오로지 먹는 것에만 집중하며 음식을 느껴보고, 차를 마실 때는 그 향기와 맛, 온도를 느끼면서 혼자만의 시간에 집중하는 것이죠.

약속이 지켜지건 지켜지지 않건 다를 건 없습니다. 두 경우 모두 내 시간 안에 있을 뿐이니까요. 중요한 것은 그 시간을 어떻게 보내느냐겠죠. 매 순간에 최선을 다한다는 것은 그리 어려운 일이 아닙니다. 단지 그 순간이 아니면 할 수 없는 일을 하면 되는 것이죠.

자, 어떤가요. 지금 이 글은 잘 읽어 내려왔나요?

2 장

내 이름은 김선희

≈≈≈

온
전
한

사
람

고아에게는 부모 같은 사람이 아닌 부모가 되어주세요.
독거노인에게는 자식 같은 사람이 아닌 자식이 되어주세요.
외로운 자에게는 친구 같은 사람이 아닌 친구가 되어주세요.

'같은'이 아니라 그가 바라는 온전한 누군가가 되어주세요.

혼자 힘으로 해결하기 힘든 상황에 맞닥뜨릴 때, 우리는 보통 주
변에 도움을 청하게 됩니다. 서로 도움을 주고받으며 협력하는
것은 인간의 장점 중 하나입니다만, 도움을 주고받는 관계에서
생각해봐야 할 것이 있습니다.

부탁을 하는 사람은 아무런 노력 없이 습관적으로 타인의 힘을
빌리려는 것은 아닌지, 부탁을 들어주는 사람은 반복적인 호의가
오히려 상대의 성장을 방해하는 것은 아닌지를 살펴볼 필요가 있
습니다. 또한 도움을 주는 입장이라고 우월감에 상대를 무시해서
도 안 되고, 도움을 받는 입장이라고 상대에게 주눅이 들어서도

안 될 것입니다.

도움을 주는 자와 받는 자 모두가 성장할 수 있는 관계를 만들어
야 할 것입니다.

험담이라는 쓰레기

누군가가 당신에게 타인에 대한 험담이나 불만을 쏟아놓으면, 듣지 마세요. 누군가가 우리 집 마당에 들어와서 쓰레기를 버리면 가만히 보고 있지는 않을 거잖아요? 누군가가 자신의 답답함을 해소하기 위해 만나는 사람마다 좋지 않은 말을 쏟아내는 것은 아무 데나 쓰레기를 버리는 것과 다르지 않습니다. 그것을 들어주는 것은 내 머릿속에 남이 쓰레기를 버리도록 허용하는 것이라고 볼 수 있겠죠.

그런 행위를 계속 허용하다 보면 그 사람은 자신이 무슨 짓을 하는지도 모른 채 답답할 때마다 당신에게 와서 습관적으로 쓰레기를 버리게 될 것입니다. 맞장구치며 같이 쓰레기를 버리게 되면 당신의 머릿속은 그야말로 쓰레기장이 될 것이고, 맞장구를 쳐주지는 않더라도 들어주기만 해도 쓰레기를 치워야 하는 번거로움은 발생할 것입니다.

쓰레기 무단 투기 행위를 허용하지 마세요. 습관적으로 쓰레기를 던지는 이를 진정 위한다면 그가 무슨 짓을 하고 있는지를 알려주세요. 그리고 우리도 남의 머리에 쓰레기를 버리지 않도록 조심합시다.

나
는
남
자
입
니
다

내 이름은 '김선희'입니다.

돌아가신 할아버지께서 한 시대를 풍미했던 명리학자에게 받아
오신 이름입니다. 장차 국무총리가 될 거라는 말에 기뻐하시며
엄청난 돈을 지급하셨다고 들었습니다. 정작 저는 국무총리와는
점점 거리가 먼 곳을 향하여 가고 있지만, 만약 저세상에서 할아
버지가 보고 계신다면 지금의 모습에 꽤 만족하실 수도 있을 것
같습니다.

나는 남자입니다.

'선희'라는 이름은 누가 봐도 여자 이름입니다. 하지만 어렸을 때부터 그 이름이 부끄러웠던 적은 단 한 번도 없었습니다. 초등학교 때 가수 태진아 씨가 부른 「선희의 가방」이 인기를 얻으면서 친구들이 이름 대신 그 노래를 부를 때도 있었지만, 하나도 부끄럽지 않았고 싫지도 않았습니다. 내 이름이 독특하고 좋았습니다. 남자가 여자 이름을 하고 있으니 누구나 쉽게 기억을 했습니다.

성인이 되어 한 치 앞도 보이지 않을 만큼 힘든 시기를 겪을 때, 돌파구를 찾기 위해서 사주 공부를 조금 해보기도 하고 소위 용하다는 분들도 찾아갔습니다. 몇몇은 이름을 바꾸라고 했습니다. 살짝 마음이 흔들렸지만 그러지 않았습니다. 앞으로도 절대 바꾸지 않을 것입니다.

일상에서의 수행을 꾸준히 하며 글을 쓰다 보니 내 이름처럼 좋은 이름이 또 없을 것 같다는 생각이 들었습니다. 제가 요즘 중요하게 생각하는 것들 중의 하나인 편견, 선입견과 고정관념을 깨는 데 내 이름만큼 좋은 예는 또 없는 것 같거든요.

편견, 선입견, 고정관념 같은 것들이 무조건 나쁜 것은 아닙니다. 장점도 분명 있습니다. 복잡한 사고의 과정을 거치지 않고 빠른 선택을 가능하게 해주기도 합니다.

하지만 자신도 모르는 사이에 껴버린 색안경을 벗을 때, 얻을 수 있는 이점은 훨씬 많습니다. 가까이에 있었지만 보지 못했던 것들이 보이고, 항상 똑같아서 지루하게 느껴졌던 것들이 새롭고 흥미롭게 보입니다. 두려움은 설렘이 되어 가벼운 마음으로 원하는 길을 갈 수 있게 해주죠.

깨어 있으면서 편견과 선입견, 고정관념에서 벗어나 있는 그대로를 보세요. 선희는 여자 이름이 아닌 그냥 이름일 뿐입니다.

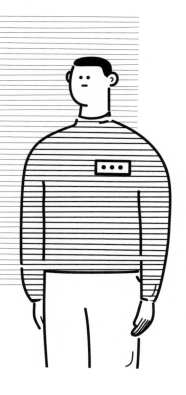

실
망
예
방
법

상대방에게 실망하고 싶지 않다면
마음대로 기대 같은 걸 하지 마세요.

술이냐, 물이냐

투명한 병에 물이 가득 들어 있습니다. 그 물이 무엇인지 확인도 해보지 않은 사람이 이야기합니다.

"저 병에 담긴 건 소주래."

술을 마시고 싶어 하는 사람이 이 말을 믿는다면, 벌컥벌컥 마실 것입니다. 그러고는 "소주라고 하더니 맹물이잖아!" 하고 화를 낼 것입니다. 목이 마른 사람이 이 말을 믿는다면, 그냥 지나칠 것입니다.

스스로 확인해보지 않고 남의 말을 맹목적으로 따르는 사람은 원하는 것을 얻을 기회를 잃을 것입니다. 혹은 다른 사람을 원망하게 될 것입니다.

비밀을 지키는 방법

남들은 모르는 어떤 이야기가 누군가에게 이득이 되거나 해가 된다면, 그 이야기가 밖으로 새어 나가지 않길 바라는 게 보통 사람들의 심리입니다.

하지만 우리는 종종 '이 사람만큼은 정말 믿을 만하다'라고 생각하면서 비밀을 털어놓습니다. 그 순간 비밀은 더 이상 지켜지기 힘들게 됩니다. 만약 누군가에게 이득이 되는 비밀이라면 상대방역시 나와 똑같은 마음, 즉 '이 사람은 정말 좋은 사람이니 잘됐으면 좋겠다'는 생각에 또 다른 누군가에게 그 비밀을 전할 테니까요. 누군가에게 해가 되는 반대의 경우도 마찬가지입니다. 내가 만약 손가락질을 받아 마땅한 행동을 하고 괴로운 나머지 누군가에게 그 이야기를 털어놓았다면, 듣는 사람도 그 이야기에 충격을 받아 또 다른 누군가에게 괴로운 심정을 털어놓을 수 있습니다.

설령 비밀을 아무한테도 말하지 않는다고 해도 아무도 모르는 비밀이란 없습니다. 최소한 그 당사자는 알고 있으니까요. 비밀을 지킬 수 있는 방법이 딱 하나 있긴 합니다. 비밀을 만들지 않으면 비밀이 새어 나갈 일도 없습니다.

나와 다른 사람들에게 도움이 되는 비밀이라면, 혼자 움켜쥐지 말고 공유하면 됩니다. 오히려 상대방은 그것을 하찮게 여겨 취하지 않을 수도 있습니다. 취하고 취하지 않고는 그들의 몫입니다.

누가 봐도 부끄러운 일이라고 생각한다면, 그런 행동이나 말 자체를 하지 않으면 됩니다. 굳이 그런 일을 만들어서 혼자 속앓이를 할 필요가 없습니다. 설령 남들이 보기엔 문제가 되더라도 스스로 확신에 차 있고 떳떳하다면, 비밀로 여길 필요도 없습니다.

나만의 이익이 될 수 있는 것을 아무렇지도 않게 남과 나눌 수 있

는 풍요로운 마음과 남들의 시선을 신경 쓰지 않는 확고한 주관
으로 행동하세요. 비밀을 지키기 위해 엉뚱하게 힘을 사용하는 대
신 그 힘을 조금이라도 더 나와 남을 위해 사용해야 할 것입니다.

말
의
한
계

물을 '소주다, 사이다다, 농약이다'라고 아무리 말해봤자, 소주나 사이다나 농약으로 변하지 않습니다. 누가 당신을 '나쁜 놈이다, 사기꾼이다'라고 모함해봤자, 당신은 당신일 뿐입니다. 당신은 그저 그 자리에 그대로 있으면 됩니다. 현명한 사람은 당신의 참모습을 알아볼 것입니다.

하지만 '누가 나에 대해서 어떤 말을 하든 난 나야'라는 생각에 빠져 있어서는 안 됩니다. 그 전에 항상 바른 상태를 추구하여야 하고 그 바름을 유지하기 위해 깨어 있어야 합니다. 잘못된, 왜곡된 자아에 대한 인식에서 벗어나 늘 바르고자 노력해야 합니다.

동의를 구하는 이유

보통 인간관계에 문제가 생기면 주변 사람들에게 의견을 구합니다. 그 문제와는 관련이 없는 제3자를 통해 조언이나 충고를 얻고자 하는 경우도 있지만, 사실 우리가 진짜로 원하는 것은 따로 있습니다. 우리는 그저 그들이 나를 이해해주고 내 편이 되어주기를 바랄 뿐입니다.

아니라고요? 정말 객관적인 평가를 받고 싶을 뿐이라고요? 스스로를 속이지 마세요. 당신은 지인들이 당신에게 힘을 실어주리라는 것을 무의식중에 알고 있습니다.

지인은 당신과 관계가 있기 때문에 객관적이기 힘듭니다. 설령 객관적으로 볼 수 있는 지인이라 하더라도, 심지어 길거리에서 처음 보는 사람이라 할지라도 객관적이기 힘듭니다. 왜냐하면 당신은 문제가 있던 상황을 절대로 있는 그대로 전달하지 못하기 때문입니다. 당시 상황은 당신의 필터를 거치면서 편집이 될 것입니다. 당신은 당신에게 유리한 대로 전후좌우 상황 다 자르고 느낀 대로만 말할 것입니다. 그 상황을 전해 들은 사람들은 거의 전부 당신의 의견에 동의할 것입니다. 신조차도 당신의 이야기를 들으면 아마 '네가 맞는다'라고 할 것입니다.

지인들의 지지를 얻은 당신은 문제가 생긴 사람에게 찾아가서 당당하게 말할 것입니다.

"사람들한테 물어봤는데, 내가 다 맞는다고 하더라."

상대방도 말할 것입니다.

"무슨 소리야? 나도 지나가는 사람한테까지 물어봤는데, 다들 내가 맞는다고 하던데?"라고요.

사람들은 왜 이렇게 다른 이들의 동의를 구할까요? 자신의 언행이나 생각에 확신이 없어서가 아닐까요?

결국 당신은 스스로를 믿지 못하여 지인들에게, 전문가에게, 심지어 책에 답을 구하는 것입니다. 그러나 지인들로부터 동의를 얻었다고, 전문가가 그렇게 이야기한다고, 책에 적혀 있다고 해서 당신이 맞는 것은 아닙니다. 확신은 그렇게 해서 생기는 것이 아니니까요. 자신에 대한 믿음은 나의 내면 깊숙한 곳까지 세세히 알 수 있을 때 생기는 것입니다. 자기 확신을 갖기 위해 필요한 것은, 내가 맞는다고 인정해주는 이를 찾는 것이 아니라 매 순간 나의 내면을 바라보며 나를 알아가는 것입니다.

지
지
않
는
법

더 이상 상대가 나를 이기지 못하게 하려면
싸우기 전에 미리 지면 됩니다.

정말 정답일까?

우리가 남을 비판하는 이유는
자신이 알고 있는 것이, 생각하는 것이
정답이라고 생각하기 때문입니다.

≋

진짜와 가짜 구별법

진짜와 가짜를 구별하는 것은 어렵습니다. 더군다나 진짜 같은 가짜를 구별하는 것은 불가능할지도 모릅니다. 그들이 너무 진짜 같아서인 것도 있지만, 그들을 보는 우리의 눈 자체가 있는 그 대로의 대상 자체를 보지 못할 정도로 왜곡되어 있기 때문이기도 합니다. 그렇기 때문에 그토록 가짜들에 끌려다니며 수업료를 내는 것입니다. 비싼 수업료를 내고 배운 것은 고작 '나쁜 놈, 나쁜 세상, 믿을 수 없는 인간, 믿을 수 없는 세상' 정도입니다. 이것이라도 제대로 배우면 다행인데, 이후에도 계속해서 수업료를 내며 또 똑같은 것을 느끼기만 합니다. 배운 것을 결코 인생에 적용하지 못합니다.

그런데 세상과 인간은 좋고 나쁠 것도 없고, 믿고 안 믿고 할 것도 없습니다. 보고 싶은 대로만 보고 믿고 싶은 대로만 믿다가 자신의 뜻대로 이루어지지 않았기 때문에 세상과 인간이 나쁘게 보이는 것입니다.

애초에 사기를 칠 목적으로 접근하는 사람은 나쁜 사람일까요? 그들은 단지 사람과 세상을 잘 파악하는 사람들일 뿐입니다. 그들이 온갖 수를 동원했기에 넘어가지 않을 수가 없었다는 말은 당신의 변명일 뿐입니다. 만약 당신이 욕망하는 것이 없었다면 그들에게 관심도 보이지 않았을 것입니다. 그들은 당신이 욕망하는 것을 꿰뚫어 보는 눈을 가졌고 그것을 이용할 줄 알았던 겁니다. 특히 적은 노력(시간, 돈)을 들여 많은 것을 얻고자 하는 마음을 가지고 있을 때 그들의 표적이 되기 쉽습니다. 시간적인 여유나 경제적인 여유가 부족하면 시야가 좁아져 전체가 아닌 부분만을 보게 됩니다. 그렇기 때문에 당하는 것입니다.

세상과 인간에게 당하지 않기 위한 가장 좋은 방법은 욕망하지 않는 것입니다만, 그것은 매우 어려운 일이지요. 따라서 진짜와 가짜를 구별할 수 있는 현실적인 방법들을 제시해봅니다.

사람을 볼 때 스펙을 보지 마세요. 겉모습이나 타인의 평가를 믿지 마세요. 대신 행동과 말이 일치하는지를 살펴보세요. 자신의 이야기를 하는지 살펴보세요. 자신이 아닌 다른 것으로부터 나온 이야기를 한다면 가짜일 가능성이 큽니다. 엄청난 비밀이 있는 것같이 이야기하며, 그 내용을 알기를 원하면 대가를 지불하라는 사람은 경계하세요.

진짜들은 자신의 이야기를 하며, 돈에 연연하지 않습니다. 자신의 것을 나누는 것에 인색하지 않아요. 그런다고 해서 자신에게 전혀 위협이 되지 않기 때문입니다. 따라서 아무 대가 없이 쉽게 준다고 해서 그것이 가치 없는 것이라 여기지 마세요.

중요한 것이 또 있습니다. 진짜이건 가짜이건 간에 크게 시간과 돈이 들어가지 않는 일이라면, 일단 경험부터 해보세요. 경험을 해보고 자신에게 맞으면 취하고, 맞지 않으면 버리세요. 그리고 자신과 자신을 둘러싼 상황을 객관적으로 보려는 노력을 하세요. 그 후에 나오는 결과를 받아들이세요. 지난 결과에 집착하며 남을 원망하지도, 스스로를 원망하지도 마세요. 단지 객관적으로 자신을 돌아보고 그 속에서 배우세요. 그것이 당신이 할 수 있는 것들입니다.

≈≈≈≈

눈치를 보지 않으려면

우리는 왜 눈치를 볼까요?
답은 간단합니다.
바라는 것이 있으니까!
바라는 것이 없으면
눈치를 볼 이유도 없습니다.

눈치를 보는 대상이 나에게 영향력을 미칠 수 있는 사람이고 내
가 그에게 바라는 것이 있을 때, 우리는 눈치를 봅니다. 또한 내
속에 작은 욕망이 존재할 때 우리는 눈치를 보게 됩니다.

예를 들어볼까요? 퇴근 시간이 다 되었고 업무는 다 끝났는데, 사장이나 상사가 퇴근을 하지 않고 있으면 눈치를 보게 됩니다. 당당하게 퇴근하고 싶지만, 그렇게 해서 생길 불이익을 생각하면 도저히 그럴 수 없습니다. 대상의 영향력에서 자유로울 수 없기 때문에 눈치를 보는 경우입니다.

내 속에 작은 욕망이 존재하기 때문에 눈치를 보는 경우를 보겠습니다. 만약 퇴근 후에 정말 중요한 일이 있다면, 눈치를 보는 대상이 아무리 나에게 큰 영향을 미치더라도 당당하게 양해를 구하고 퇴근을 할 것입니다. 하지만 그렇게 하지 못하고 눈치를 본다는 것은 자신이 생각하기에도 그만큼 중요한 일이 아닌 자신의 작은 욕망 때문이라는 것을 알기 때문일 것입니다.

대상에게 욕망하는 것과 자신의 작은 욕망이 충돌할 때, 어느 쪽 하나를 과감히 포기하지 못하고 그 두 욕망을 다 충족시키려 하니까 눈치를 보는 것입니다. 눈치를 보며 좋은 핑곗거리를 찾으려고 계속해서 머리를 굴리니까 스트레스를 받는 것이죠.

내가 바라는 것이 전혀 없다면 눈치를 볼 이유가 없습니다. 강한 영향력을 행사하는 사람이 있다고 해도 내가 그에게 바라는 것이 없다면 그로부터 자유로울 수 있습니다. 내 속에 조그마한 욕망조차도 남아 있지 않다면 공간, 시간, 관계에 상관없이 눈치를 보지 않고 자유로울 수 있습니다.

물은 흐름을 거슬러 올라가려 하지 않습니다. 단지 순리대로 흘러갈 뿐입니다.

≈≈≈

겸
손
하
지　마
세
요

겸손하기 위해 겸손할 필요는 없습니다. 벼가 익지도 않았는데 고개를 숙일 수는 없겠죠. "저는 지금 이렇습니다"라고 당당하게 있는 그대로를 보여주세요.

사
과
의
기
준

저에게 실망했다는 가까운 지인의 문자를 받았습니다. 긴 글에는
저에 대한 실망이 가득했습니다. 처음에는 '내가 무엇을 잘못했
다고!' 하는 생각이었습니다. 그런데 문자를 읽다 보니 상대의 마
음이 전혀 이해되지 않는 것은 아니었습니다.

답장을 보냈습니다. 왜 그런 일이 생겼는지 있는 그대로 설명하
고, 악의는 전혀 없었다고 말했습니다. 물론 미안하다는 말과 함
께요. 상대가 보낸 문자보다 더 긴 답장이 되었습니다. 전송 버튼
을 누르고 그에게 사과 한 상자를 선물했습니다.

가까운 관계에 문제가 생길 때마다 나에게 상대방이 얼마나 소중한 사람인지, 그 사람이 나로 인해 어떤 상태가 되길 바라는지를 생각해봅니다. 그러면 사과가 그리 어렵지 않습니다.

사
생
활
의
이
면

기억할지 모르겠습니다. 미투 사건으로 온 나라가 한창 시끄러울 때, 정몽구 현대자동차 회장이 주목을 받았습니다. 사건의 당사자들과는 정반대되는 행동 때문이었죠. 정 회장은 부인과 사별한 후 자신을 보좌하거나 자택을 관리하는 직원들은 물론이고 가사 도우미들까지 전부 남성으로 교체했다고 합니다. 사람들은 정몽구 회장이 참 대단하다는 말을 쏟아내곤 했습니다. 그가 한 행동은 과연 찬사를 받을 만한 것일까요?

제 생각엔, 그럴 일은 아닌 것 같습니다. 단지 그에게 찬사가 쏟아진 것을 보면 우리 사회가 추구하는 가치가 어떤 것인지를 알 수 있을 뿐입니다. 다른 사람이 무엇을 하건 우리와는 아무 상관이 없습니다. 대기업 총수의 사생활이 대체 우리와 무슨 상관입니까. 그의 행동이 정말 바른 것이라도 나에게 전혀 도움이 되지 않는다면 아무 의미가 없는 것이겠죠.

중요한 것은 정몽구 회장 본인이 그런 행동으로 인해 행복해졌는가 하는 것입니다. 남의 눈을 의식하지 않고, 남과 비교하지 않고, 남을 판단하지 않고, 자신의 삶에 초점을 맞추고, 자신의 자유로운 의지로 행동한 것이라면, 그는 분명 그로 인해 행복해진 것이겠죠.

나
와
나
에
대
한
것

'나'와 '나에 대한 것'은 다릅니다. '나에 대한 것'은 주로 자기소개를 할 때 말하는 것들입니다. 이름, 나이, 가족관계, 성격, 취미, 특기, 경력 등 무수히 많은 내용이 있지만, 이것은 단지 나에 관한 것이지 내가 아닙니다.

폭삭 망해서 돈이 하나도 없게 된다면, 몸의 일부가 잘려서 없어진다면, 가족이 사라진다면, 나는 더 이상 내가 아닐까요?

돈은 당연히 내가 아니고 가족도 내가 아닙니다. 내 몸 역시 내가 아닙니다. 몸의 일부가 잘못된다 해도 존재에 영향을 미칠 수 없기 때문입니다. 몸은 그저 이 세상을 살아가기 위한 매개체일 뿐입니다.

나는 존재 그 자체입니다. 내가 '나'라고 인식을 하고 있는 의식 그 자체입니다. 의식 자체가 '나'라는 것을 알고 경험하는 순간부터는 지금까지와는 전혀 다른 삶이 시작됩니다. 두려움이 없어질 것입니다.

진정한 나를 유지하기 위해서 필요한 것은 오로지 물과 공기, 최소한의 의식주뿐입니다. 최소한의 의식주를 구하고 남은 시간엔 자신이 좋아하고 잘할 수 있는 일을 하면 됩니다. 너무 이상적이고 현실과는 동떨어진 이야기라고요? 제 생각은 이렇습니다. 조금의 여유도 없이 스트레스받으며 살아봤자 현실은 크게 달라지지 않습니다. 그럴 바에야 마음 편안히 여유롭게 하고 싶은 것을 하며 사는 것이 낫지 않을까요?

세상이 만들어놓은 기준에서 벗어나 진정한 나를 찾아보세요. 아니다 싶으면 그때 그만두면 됩니다. 저는 단지 사람들이 진정한 자기 자신을 찾고 자유로워지길 바랄 뿐입니다. 제 말을 한번 믿어보세요.

~~~

진
짜
같
은
가
짜
들
에
게

진짜 같은 가짜들이 판을 치는 세상입니다. 문제는 가짜들이 자신을 진짜라고 믿는 것, 그리고 남들을 가르치려 한다는 것입니다.

자신이 우물 안에서 본 하늘이 '전부'라고 생각하며 살아도 되긴 합니다. 대신 그 우물 안에서 나오지 말아야 합니다. 그리고 그 안에서 본 세상에 대해 남에게 강요해선 안 됩니다.

정답을 찾았다는 확신을 버리세요. 그깟 돈 좀 벌었다고, 사람들이 좀 따른다고, 남들이 인정한다고 우쭐대지 마세요. 그래 봤자 옷에 뭐 좀 묻거나, 차 좀 긁히면 금방 기분 상할 거잖아요!

뒷
담
화
를
대
하
는
태
도

뒷담화는 타인을 깎아내려 상대적으로 자신이 높아지고자 하는 저급한 인격이 만들어내는 문제입니다. 타인에 대한 비난은 옮겨지기 쉽고, 누군가에게 남긴 상처는 결국 뒷담화한 장본인에게 돌아오기 마련입니다.

뒷담화를 들으면 사실로 받아들이기 전에 뒷담화를 하는 사람의 의도를 살펴봐야 할 것입니다. 물론 그 자리를 떠나서 이야기를 듣지 않는 것이 가장 좋겠죠.

당신이 뒷담화의 당사자가 된다면, 민감하게 반응하지 말았으면 합니다. 비난은 쉽게 옮겨지지만, 휘발성이 강한 만큼 생명력은 길지 않으니까요. 그냥 흘려보내는 것이 좋습니다. 비난이 나를 나빠지게 할 수 없습니다. 그러나 한 번쯤 객관적으로 자신을 돌아볼 필요는 있습니다. 나도 모르게 저지른 잘못이 있을 수도 있으니까요. '정말 그런 사실이 없었는가?'를 차분히 생각해봐야 합니다. 그런 사실이 없다면 당당히 삶을 살아가세요. 삶은 흐르는 강입니다. 힘으로 바꾸려 해도 강은 흘러갈 뿐입니다.

3 장

노력은 필요하지만

할 수 있는 것은 아무것도 없다

한창 수행에 빠져 있을 때였습니다. 정말 열심히 했습니다. 그 결과, 수행 서적에 나오는 말들을 잘 이해할 수 있었고, 수행처에서 이야기하는 의미도 명확히 알아듣는다고 생각하게 되었습니다. 더 높은 수행의 단계를 추구하면서도, 이미 제법 높은 단계에 와 있다고 스스로 자만하기도 했습니다. 웬만해선 흔들리지 않을 자신도 있었습니다.

그런데 어느 날, 제 마음을 완전히 흔들어놓는 일이 터졌습니다. 뭐든 할 수 있을 것 같은 자신감으로 차 있었는데 도저히 극복할 수가 없더군요. 조용히 방으로 들어가 가부좌를 틀고 앉았습니다. 아무것도 하기 싫었습니다. '정말 인간의 한계로는 안 되는 것인가? 이런 나를 누가 일으켜줄 수 있을까? 다시 신을 찾아야 하나? 그냥 창문 밖으로 뛰어내릴까? 더 이상은 못 하겠다' 등 많은 생각이 들며 포기 상태가 되었습니다.

마음을 추스르기 위해 눈을 감고 호흡을 관찰했습니다. 그러다가 문득 알아차렸습니다. 그렇게 정신이 다 무너진 상황에서도 그것과는 별개로 제 몸은 멀쩡하다는 것을요. 숨을 쉬고 있었고 심장이 뛰고 있었고, 어디 하나 아픈 곳도 없었습니다. 사실 절망에 빠질 이유도 없었던 것이었습니다. 스스로 높은 단계에 와 있다고 생각한 것이 걸림돌이었습니다. 무너질 나를 만들었기 때문에 스스로 무너진 것이었습니다. 원래는 무너질 나란 것도 없었던 것이죠. 외부 상황을 극복할 수 없었던 것이 아니라, 저 자신이 만든 생각을 극복하지 못한 것이죠. '내 힘으로 할 수 있는 것은 없다. 더는 할 수 없다'라는 것을 인정한 후에야 편안해질 수 있었습니다.

그때 처음으로 '존재한다'는 것이 어떤 것인지 알게 된 것 같습니다. 아무리 무언가가 되기 위해 노력을 해도 존재하는 것 말고는 할 수 있는 것이 없다는 것을 안 이후에야 수행에 대한 집착을 버릴 수 있었습니다.

노력은 필요합니다. 그래야 진전도 있을 것이고요. 하지만 어느 순간에서는 그 모든 것을 내려놓고 인정할 줄 알아야 합니다. 행복은 노력으로 성취하는 것이 아닌, 존재함으로 느낄 수 있는 것입니다. 추구하는 것이 될 때 행복은 더 멀어질 것입니다. 존재하는 것으로 충분합니다.

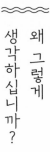

왜 그렇게
생각하십니까?

스님을 만나 말씀을 듣는 날이었습니다. 하루는 음식 이야기로
화두를 던지셨습니다.
"음식을 먹을 때 사람들은 음식을 만든 사람의 마음과 정성은 생
각하지 않고 오로지 맛이 있는지 없는지만 따집니다."
저도 음식 때문에 아내와 종종 다툼이 있었던 터라 스님의 말씀
을 끊고 물었습니다.

"말씀 중에 죄송한데, 제 아내는 음식을 할 때 간을 잘 보지 않습
니다. 심할 때는 본인도 깜짝 놀랄 정도로 간이 엉망입니다. 음식
의 간을 보지 않는 아내의 마음은 어떻게 봐야 할까요?"

제 질문에 돌아온 스님의 질문은 평생 잊지 못할 정도로 강하게 제 머리를 쳤습니다.

"음식을 할 때 간을 봐야 한다고 생각하는 것은 왜입니까?"

머리가 멍해졌지만 이내 미소와 함께 고개가 끄덕거려졌습니다. 그렇습니다. 정말 당연한 것이라고, 기본이라고 여겨질 것은 없습니다. 편견과 선입견 없이 있는 그대로 보고, 있는 그대로 들으려는 노력을 하고 있었음에도 저는 여전히 편견을 벗어던지지 못하고 있었던 것입니다.

우리는 크게는 세상의 기준, 사회의 기준, 작게는 자신만의 기준, 자신도 모르는 사이에 생겨버린 무의식적인 기준으로 사람이나 사물을 평가합니다. 좋고 싫음, 선과 악 등의 판단을 하고 그에 따라 기뻐하고 화내고 슬퍼하고 즐거워하고 사랑하고 미워합니다. 그러한 것들을 자신의 마음이 만들어냈다는 것은 모른 채, 평생을 외부의 조건에 휘둘리기만 합니다.

휘둘리지 않고 주체적으로 사는 것, 어려울 것 없습니다. 마음이 있느니 없느니, 착하니 나쁘니 내 마음대로 판단하지 않고, 음식이 짜면 물을 더 넣으면 되고, 싱거우면 소금을 더 넣으면 되는 것입니다. 그뿐입니다.

마음의 문

당신은 개방적인가요?

사람의 마음에는 수많은 방이 있고, 방마다 문이 있습니다. 1000개의 방이 있다고 해볼게요. 1000개의 방 중에서 100개만 열려 있다고 하면, 폐쇄적인 사람이라고 느낄 것입니다. 1000개의 방 중 700개가 열려 있다고 하면 개방적인 사람이라고 느낄까요? 1000개의 방 중 900개가 열려 있다고 하면 매우 개방적인 사람이라고 느낄 것입니다. 그럼 1000개 중 999개가 열려 있는 사람은요? 엄청나게 개방적인 사람일까요?

제 생각엔 1개가 열려 있거나 999개가 열려 있거나 큰 차이가 없습니다. 999개가 열려 있더라도 마지막 남은 하나의 방문을 열지 못하면, 열린 사람이 아닙니다. 어쩌면 999개의 문을 연 사람이 1개만 연 사람보다 완전히 여는 것이 더 어려울지도 모릅니다. 999개의 문을 열어왔다면 나머지 하나의 문을 여는 것은 어렵지 않을 것인데, 지금까지 열지 못하고 있다는 것은 앞으로도 열 수 없다는 말이 되기도 합니다. 겉으로는 개방적인 사람처럼 보일지 몰라도 마지막 하나의 방만 놓고 본다면, 오히려 가장 폐쇄적인 사람일 수도 있습니다.

비록 1개의 방문만 열려 있는 사람이라 할지라도, 다음의 문을 여는 법을 완벽하게 알게 되면 한 번에 모든 문을 열 수도 있습니다. 사실 수많은 방의 문을 연다고 하기보다는 방들 자체를 없애버린다는 표현이 더 적절합니다. 따라서 우리가 해야 할 것은, 방을 없애기 위한 노력입니다. 방을 없애는 것은 내 마음에 어떤 방이 있는지를 아는 것만으로도 가능합니다. '아, 내게 이런 방이 아직 있구나, 저런 방도 있었네?'라고 알아가다 보면 없앨 수 있습니다. 그렇게 해서 방을 다 없애고 나면 '개방적이네, 폐쇄적이네'라며 이러니저러니 할 필요도 없습니다. 그냥 사는 것입니다.

≋

혼
자
일
때

혼자 있을 때도 행복한 사람이 다른 사람과 함께 있을 때도 행복
할 수 있습니다. 혼자 있을 때 행복할 수 없으면서 행복해지기 위
해 누군가와 함께한다면, 자신은 물론 함께하는 사람까지도 불행
해질 수 있습니다.

나의 고통, 남의 고통

산 채로 쓸개즙을 뽑히며 고통받는 새끼 곰을 본 어미 곰이 철창을 부수고 나와 새끼 곰을 죽이고 자신도 철창에 머리를 박아 자살했다는 뉴스를 보았습니다. 어미 곰 역시 쓸개즙을 뽑히는 고통을 겪어본지라 그렇게 사는 것보다는 죽는 편이 낫다고 생각한 것이겠지요.

인간의 탐욕으로 다른 생명체들이 고통받고 있습니다. 양질의 모피나 가죽을 얻기 위해 살아 있는 동물의 가죽을 벗기는 경우도 많다고 합니다. 그 모든 걸 이미 알면서도 우리는 다른 존재에게 고통을 주는 것을 멈추지 못하고 있습니다.

자존감이 낮고 정체성이 모호한 사람일수록 자신을 둘러싼 외부의 요소들과 자신을 동일시하려는 경향이 강합니다. 소유한 것에 따라 사람의 품위가 결정된다고 오해하고, 소유로 인한 쾌감을 행복이라고 착각합니다. 그릇된 방식의 행복을 추구하는 것이죠. 외부의 것들로 마음의 빈 공간은 결코 채울 수 없습니다. 그것을 깨닫게 되는 순간, 나를 채우는 진짜 방법을 찾기 시작할 것입니다. 자신을 올바르게 사랑하여, 속을 충분히 채운 사랑이 바깥으로 흘러넘치도록 해야 할 것입니다. 그렇게 되면 그때부터는 남의 고통이 더 이상 나와 관계없는 일이 아닌, 나의 고통이 될 것입니다. 나의 고통을 돌보듯 남의 고통을 돌본다면, 우리의 욕망으로 인해 고통받는 동물들은 없어질 것입니다. 모든 존재가 고통으로부터 자유롭기를, 행복하기를 바라봅니다.

≈≈≈

보
이
는
것
너
머
에
는

어부가 말합니다.

"해는 동쪽 바다 밑에서 떠올라 서쪽 바다로 진다."

농부가 말합니다.

"해는 동쪽 논 끝에서 떠올라 서쪽 논 끝으로 진다."

목동이 말합니다.

"해는 동쪽 산 끝에서 떠올라 서쪽 산 끝으로 진다."

누가 맞고 누가 틀렸을까요?

각자의 입장에서는 모두가 맞는 말입니다. 상대방의 입장이 되어
보지 않은 상태에서는 서로 틀렸다고 할 수 있습니다.

하지만 사실은 세 명 모두 틀렸습니다. 해는 언제나 그 자리에 있을 뿐, 도는 것은 지구니까요.

당신은 겉으로 보이는 것 너머의 진리를 볼 수 있나요?
당신이 보고 믿는 것만이 진리라고 생각하고 있지는 않나요?
'내가 맞아!'라는 생각보다는 '지금 나는 이렇게 느끼고 있구나'라는 생각이 필요합니다.

나무에 오르는 소

소가 초원에서 풀을 뜯어 먹으면서 "아, 내가 지금 여기서 이렇게 형편없는 풀이나 먹고 있을 때가 아닌데. 저 높은 나무에 달린 풍성한 잎을 뜯어 먹어야 하는데……"라고 중얼거리더니 다음 날부터 하루 종일 나무 오르는 연습만 한다면, 미친 소가 아닐까요?

바
다
의
시
작

큰 변화는 아무것도 변화시킬 수 없을 것 같은 아주 작은 움직임으로부터 시작됩니다. 빗물이 모여 강과 바다를 이루는 것처럼요. 한번에 모든 걸 이루어내려고 조급해하지 마세요. 원래 그렇게 될 수 없는 것이니까요.

깨어 있는 의식에서 나온 작은 행동이 시작되는 순간부터 인생은 변하기 시작할 것입니다. 그러한 노력이 지속될 때 변화는 자연스럽게 따라올 것입니다. 그러니 걱정하지 마세요. 지금 이 순간, 아주 사소한 것에서부터 시작해보세요.

고
통
으
로
부
터
의
자
유

비뚤어진 자세에 익숙해지면 바른 자세가 불편하게 느껴집니다.
비뚤어진 자세를 바로잡으려고 하면 고통이 따를 수도 있습니다.
그렇다고 그 고통이 악이라고 할 수는 없습니다. 고통을 견뎌내
며 자세를 바로잡으면 앞으로 생길 고통으로부터 자유로울 수 있
으니까요.

지금 당장은 비뚤어진 자세가 편하기 때문에 고통을 느끼면서까
지 바로잡고 싶지 않을 수 있습니다. 그래서 그냥 놔둔다면, 당장
은 편할지 몰라도 시간이 지날수록 고통은 커질 것입니다.

생각도 마찬가지입니다. 어느 한쪽으로 치우친 생각은 결국 해가 됩니다. 그렇기에 50 대 50의 균형이 잡힌, 바른 상태를 유지하는 것이 필요합니다. 생각의 치우침은 사물을 있는 그대로 보지 못하게 하고, 마침내 자신을 고통에 빠지게 할 것입니다.

균형을 잃지 않으려면 매 순간 깨어서 의식해야 합니다. 나를 고통에서 구하는 것이 나를 올바르게 사랑하는 법이 아닐까 합니다. 오늘도 깨어 있음으로써 고통으로부터 자유롭기를 바랍니다.

짜증에 대처하는 자세

짜증이 불쑥불쑥 올라올 때가 있습니다.
머리에 화가 가득 차서 폭발할 것 같을 때면
숨을 깊이 들이마시고
한 발쯤 떨어져 저 자신을 바라봅니다.
짜증과 화가 나 있는 자신을 바라보다 보면
어느새 차분해진 나를 만나게 됩니다.

지금 이 순간,
있는 그대로

'지금 이 순간'을 '있는 그대로' 산다는 것은 무슨 뜻일까요?
'지금 이 순간'이라는 것은 단순히 오늘과 같은 현재를 말하는 것
이 아닙니다. '있는 그대로'라는 말도 단순히 겉으로 드러난 모습
이나 상황을 이야기하는 것이 아닙니다.

'지금 이 순간'이란, 지금 글자를 하나씩 읽어가는 이 순간, 들숨
과 날숨이 끊임없이 이어지고 있는 순간, 1초를 1000으로 쪼개
고 10000으로 쪼갠 것보다도 짧은 순간입니다. 제가 추구하는
것은 단지 그 짧은 순간에 깨어 있으면서, 그 순간을 사는 것입니
다. 현재 나에게 주어진 시간과 환경에 만족하면서 사는 것이라

기보다는 지금 이 순간의 있는 그대로를 받아들이고, 매 순간 깨어 있으면서 균형 잡힌 행동을 하는 것입니다. 숨을 쉴 때는 숨 쉬는 것을 의식하고 느끼고, 물을 마실 때는 물을 마시는 것을 의식하고 느끼는 것입니다. 매번 달라지는 미세한 차이까지도 다 느끼며 그 모든 순간에 충실한 것입니다.

영원이라는 것이 대단해 보이지만, 사실 순간의 연속으로 이루어져 있는 것뿐입니다. 순간을 제대로 살지 못한다면 영생을 얻는다고 하더라도 아무런 의미가 없습니다. 하루를 살더라도 순간을 제대로 사는 것이 무의미한 영원을 사는 것보다 낫습니다.

순간을 산다는 것은 갑자기 죽음이 온다고 할 때 과거를 돌아보며 하지 못한 것을 후회하고, 잘한 것을 만족해하며, 남겨질 사람들을 걱정하고, 사후세계에 대한 걱정을 하는 것이 아닙니다. 죽어가는 순간에도 깨어 있으면서 나의 죽음을 지켜보는 것입니다. 숨을 거두는 순간까지도 내 몸과 마음에서 일어나는 변화를 지켜보며, 마지막 숨이 끊길 때 어떤 후회와 집착, 걱정과 두려움 없이 그 순간을 있는 그대로 받아들이는 것입니다. '지금 이 순간'을 '있는 그대로' 산다는 것은 이와 같은 뜻으로 쓰여야 할 것입니다.

내 마음이 호수라면

매일 아침 요가를 하고 목욕탕을 갑니다. 주로 잔잔한 탕 안에 몸을 담그지요. 물 표면을 가만히 바라봅니다. 나의 아주 작은 움직임에도 표면이 흔들립니다. 버블이 쉴 새 없이 나오는 탕의 물 표면은 마치 거친 파도가 치는 바다와 닮았습니다. 거기서는 여러 사람이 동시에 움직여도 티가 잘 나지 않습니다. 잔잔한 호수에는 나뭇잎 하나만 떨어져도 쉽게 알아챌 수 있지만, 거친 바다에는 커다란 물체가 떠 있어도 알아보기 힘든 것과 같은 이치입니다.

마음을 고요히 유지해야 하는 이유가 여기에 있습니다. 어떤 상황에서도 마음을 고요히 유지할 수 있다면, 순간순간 일어나는 미세한 신체의 변화나 감정의 변화를 알 수 있습니다. 예를 들어, 누군가가 나를 험담하거나 욕을 할 때도 평정심을 갖고 고요히 머무르며 현명하게 행동할 수 있는 것입니다.

하지만 내 마음이 온통 거친 파도로 뒤덮여 있는 상태라면, 내 속의 미묘한 변화들을 인지조차 할 수 없습니다. 그러면 곧바로 그동안 살아오며 무의식중에 형성된 습관이 나오게 되고, 똑같이 좋지 않은 결과만 반복될 뿐입니다.

삶 속에서 무언가를 변화시키고 싶다면, 먼저 무엇이 잘못되었는지부터 알아야 합니다. 무엇이 잘못되었는지를 알려면 그것을 볼 수 있어야 합니다. 그것을 보려면 마음이 잔잔한 상태여야 합니다. 마음을 잔잔하게 하기 위해서는 나의 자연스러운 호흡을 바라보거나, 몸의 감각에 집중을 하면 됩니다.

불을 훤히 밝혀놓은 집 안에 주인이 깨어 있다면 도둑은 침입할 엄두도 내지 못할 것입니다. 항상 마음의 불을 켜고 깨어 있어서 지켜본다면, 나를 점령하기 위해서 항상 도사리고 있는 유혹들이 들어오는 것을 막을 수 있습니다.

## 4 장

묵묵히 파도를 기다릴 뿐

꽃
처
럼

꽃은 남들에게 잘 보이기 위해서 꽃을 피우는 것이 아닙니다. 빨
간 장미로 태어났는데 사람들이 노란 장미를 원한다고 해서 노란
장미를 피우려고 하지도 않습니다. 물론 그럴 수도 없습니다. 꽃
을 피울 수 없는 겨울에 사람들의 기대에 부응하기 위해서 억지
로 꽃을 피우려고 하지도 않습니다. 주어진 환경에 순응하며 살
다 보면 누가 봐도 아름다운 꽃을 피울 수 있는 것입니다.

인간은 누군가가 자신의 기대에 부응하지 못할 때 실망하기도 하
고, 사람들의 기대에 부응하기 위해 자신이 결코 이룰 수 없는 것
을 이루려 노력하다가 절망에 빠지기도 합니다.

꽃처럼 사세요. 누군가의 기대에 부응하기 위해 살지도, 누군가가 자신을 위해 아름다운 꽃을 피우기를 기대하지도 마세요. 실망하지도 말고, 원망하지도 마세요. 그리고 후회하지도 마세요. 자신의 삶을 사는 것만으로 족합니다.

≈≈≈

당신의 잘못입니다

"당신의 잘못이 아닙니다."

당신 잘못이 아니니까 힘내라는 위로의 말입니다. 하지만 저에게는 오히려 "당신의 잘못입니다"라는 말이 위로가 되었습니다. 문제의 원인을 내가 아닌 외부에서 찾아내려고 하면, 결코 문제를 해결할 수 없을 것입니다. 왜냐하면 내가 세상을 바꿀 수는 없기 때문이죠.

반면 문제를 내 안에서 발견할 수 있다면, 나를 바꾸는 것만으로도 우리는 보다 나은 사람으로 거듭날 수 있습니다. 내 잘못이 아니라고 부정하기보다는, 문제를 해결하기 위해 나는 어떤 존재로

거듭나야 하는가에 대한 적극적인 반성과 실천 의지가 삶을 변화
시킵니다.

최
선
일
까
,
집
착
일
까

바람이 제법 불던 어느 날, 산책길에서 곤충의 날개를 나르고 있
는 개미를 보았습니다. 개미의 몸집보다 큰 날개였습니다. 사람
으로 치면 태풍이 온 날, 낙하산을 펼치고 걸어가는 느낌이라고
할까요. 개미는 바람이 약하게 불 때는 겨우 앞으로 나아가다가
바람이 세게 불면 진행 방향의 반대로 멀리 날아가버리더군요.
10분 정도 지켜보다 자리를 떴는데, 개미가 목적지까지 갔는지
모르겠네요. 어렵게 어렵게 도착했다 할지라도, 기진맥진했을 것
같습니다.

개미는 자기 몸무게의 30~40배를 들 수 있다고 합니다. 따라서

자기 몸보다 큰 곤충의 날개를 드는 것 정도는 우스웠을 것입니다. 그러나 자신이 나르는 물체의 물성과 바람이라는 환경적인 요소는 전혀 고려하지 못한 것 같습니다. 그 결과 힘을 낭비한 꼴이 되어버렸습니다.

일찌감치 곤충의 날개를 놓아버리고 다른 활동을 했다면 어땠을까요. 어쩌면 개미가 차마 놓아버릴 수 없었던 것은 자신의 힘에 대한 집착이 아닐까요. 힘이 조금 약했다면 바람이 잠잠해질 때까지 기다리며 힘을 비축하거나, 바람이 불 때만 할 수 있는 일을 할 수도 있었겠죠. 강한 사람은 때론 자신이 약할 수도 있다는 사실을 받아들이기가 어렵습니다. 그렇기에 종종 놓아버려야 할 상황에서도 끝까지 움켜쥐고 있다가 부러지기도 합니다.

어느 한쪽으로 치우치면 시야가 좁아집니다. 그 때문에 있는 그대로의 상황을 명료하게 볼 수도 없습니다. 그릇된 판단을 하기가 쉬워진다는 말이죠. 젖 먹던 힘까지 끌어내고 목숨을 바쳐서 어떤 일을 하는 것은, 상황에 따라서는 최선이라기보다는 집착이라고 부를 수 있을 것입니다.

최선을 다하는 것이란, 먼저 자신에 대해서 정확히 알고, 상황을 명확히 인식하며, 그 순간에 맞는 일을 하는 것. 필요하면 인정하고 놓아버릴 줄도 아는 것입니다.

≈≈≈

파도는 잘못이 없다

서핑을 잘하려면 먼저 파도가 있어야 할 것입니다. 그다음 좋은 파도를 볼 줄 아는 눈, 파도를 타는 기본기가 있어야 할 것 같습니다.

좋은 파도를 고르려면 몸으로 수없이 느껴봐야 할 것입니다. 기본기도 충실히 다져봐야 하겠죠. 기본기도 갖췄고 파도를 볼 줄 아는 눈도 생겼다면 좋은 파도를 기다리는 일만 남았겠죠. 어찌보면 그것이 가장 어려운 부분일 수도 있습니다. 열심히 노력하여 모든 조건을 갖추었는데 아무리 기다려도 파도가 오지 않는다면 절망적으로 느껴지기도 하겠죠.

그럴 때 파도를 탓하는 것은 아무 의미가 없습니다. 파도는 잘못이 없으니까요. 그때 할 수 있는 것은 오로지 묵묵히 파도를 기다리는 것뿐일 겁니다. 그러면 언젠가는 원하는 파도가 올 때 멋지게 탈 수 있겠죠.

인생도 마찬가지이지 않을까 합니다. 내가 원하는 흐름이 올 때까지 내가 할 수 있는 일을 하며 원하는 흐름을 놓치지 않기 위해 깨어서 지켜봐야 그 흐름을 잡을 수 있겠죠.

콩
밭
의
팥

인생이 마음대로 되지 않는 것은, 마음 자체가 잘못되어서일지도
모릅니다. 혹시 콩을 심어놓고 팥이 나기를 바라는 마음을 갖고
있지는 않나요?

~~~

갈
림
길

인생이라는 길을 걷다 보면 수많은 갈림길을 만나게 됩니다. 어
떤 길로 가야 할지 반드시 선택을 해야 하는 것이지요. 그 길들이
앞으로 어떻게 펼쳐질지 처음부터 끝까지 다 볼 수만 있다면 선
택이 쉬울 거예요. 하지만 그런 길은 없습니다. 따라서 우리는 갈
림길의 시작 부분만 보고서는 그중 가장 좋아 보이는 길을 선택
합니다. 물론 막상 걸어보면 그 길은 변화무쌍하기 마련입니다.

꽃길인가 싶으면 갑자기 늪이 나오고, 힘겹게 늪을 건넜더니 가
시덤불이 앞을 가로막습니다. 겨우겨우 가시덤불을 헤치고 나오
면, 이제 또 어떤 길이 펼쳐질지 두려워집니다. 과연 이 길이 맞나

싫습니다. 지금이라도 다른 길을 선택해야 하나 싶어지죠. 그러나 다른 길이라고 꽃길로만 이루어져 있다는 보장이 없기 때문에 선뜻 발길을 돌릴 수도 없습니다. 마지못해 그냥 다시 걸어갑니다. 이제 평탄한 길이 나오지만, 두려움에 사로잡힌 나머지 그 길을 제대로 즐기지도 못합니다.

앞으로 우리 앞에 또 어떤 길이 펼쳐질지는 아무도 모릅니다. 운이 좋아서 꽃길만 나올 수도 있고, 운이 나빠서 가시덤불만 만날 수도 있습니다. 그렇다고 모든 걸 운에 맡길 수는 없습니다. 꽃길만이 나오기를 바라는 기대를 버리고, 가시덤불로 덮인 길이 나오지 않기를 바라는 마음을 접으세요. 중요한 것은 내가 한 선택에 대해 후회를 하지 않는 것입니다. 꽃길이 나오면 충분히 그 아름다움을 느끼며 걸으면 되고, 가시덤불이 나오면 최소한의 고통으로 최대한 빨리 빠져나올 수 있는 방법을 찾아야 합니다. 지금 걷고 있는 이 길을 만족할 수도, 견딜 수도 없다면 빨리 다른 길을 알아봐야 합니다. 단지 그뿐입니다.

≈≈≈

공
기
처
럼

보이지도 않고 만질 수도 없으며 존재하지 않는 듯 존재하지만,
모든 것에 영향을 미치는 공기와 같은 삶을 살고 싶습니다.

~~~
## 선
## 택
## 지

'신은 견딜 수 있는 만큼의 시련만 주신다'라는 말이 있죠. 주로 힘
든 상황에 빠져 있는 사람들에게 주는 격려이자 위로일 것입니다.
일단, 이 말은 신을 믿는 사람들에게 해당됩니다. 힘든 시간을 견
뎌내고 있는 사람들에게도 그렇죠. 그러나 하루하루 사는 것 자
체를 견뎌내지 못하고 스스로 목숨을 끊고자 하는 사람들에게는
해당되지 않습니다.

'왜 내게 이런 일이 벌어지는지 이해할 수 없다'며 신을 원망하지
도, 죽음을 생각하지도 마세요. 신은 당신이 죄를 지었기에 벌을
주는 것도, 스스로 목숨을 끊으라고 힘든 삶을 살게 하는 것도 아

니니까요. 만약 전지전능한 신이 존재하고 정말로 당신을 죽일 의도가 있다면, 한 번에 손을 썼을 것입니다. 그러니 신이 직접 숨을 거둬가지 않는 이상은 매일매일이 고통스럽더라도 살아야 합니다.

신은 시련을 주지 않습니다. 삶 아니면 죽음을 줄 뿐입니다. 편한 삶, 쉬운 삶, 힘든 삶, 어려운 삶……. 어떤 삶을 살지는 자신이 선택할 수 있고, 삶 앞에 어떤 수식어가 붙어도 그저 모두 다 삶일 뿐입니다. 신이 죽음을 준다면 선택의 여지는 없습니다. 그저 받아들일 뿐입니다. 그런 마음으로 살면 됩니다.

## 감정은 내가 아니다

'또옥, 또옥.'

오랜만에 병실에 누워 수액이 떨어지는 것을 봅니다. 40분 정도의 길지 않은 시간이지만, 병실 특유의 분위기 때문인지 진짜 환자가 된 느낌입니다. 문득 오랫동안 입원생활을 하고 있는 분들이 떠올랐습니다. 상태가 호전되는 중이더라도 무기력해지는 것은 어쩔 수 없겠다, 싶었습니다.

우리는 자신을 둘러싸고 있는 주변 상황을 통해 자기 자신을 스스로 규정합니다. 성공을 하면 성공이 자신인 줄 알고, 실패를 하면 실패가 자신인 줄 압니다. 상황이 변할 때마다 자신에 대한 인식이 달라지고 기분이 왔다 갔다 하는 것이지요.

그렇게 매 순간 변하는 것은 자기 자신이 아닙니다. 상황은 상황일
뿐이고 감정은 감정일 뿐, 그것은 내가 아닙니다. '지금 이 순간 이
렇게 느끼는 나'의 모습을 볼 수 있을 때, 상황에서 벗어나고 진정한
나에 가까워질 수 있습니다. 당신은 지금 어떤 당신의 모습을 보고
있나요?

성
공
비
법
이
있
다
면

너도나도 성공하는 비법을 알려주겠다고 유혹하는 세상입니다.

정말 그런 게 있을까요?

설령 있다고 해도 자신이 실행하지 않으면 아무 소용이 없습니다.

## 모기에게 인간은

모기만큼 인간에게 거슬리는 곤충이 있을까요? 윙윙거리는 소리에 밤잠을 설치고, 물린 자리는 벅벅 긁어야 할 만큼 간지럽고, 때론 심각한 전염병에 걸리기도 합니다. 인간에게 여러 가지 고통을 주는 것을 보면 해가 되는 곤충임이 틀림없어 보입니다.

그런데 반대로 생각하면 모기에게도 인간은 정말 거슬리는 존재일 것입니다. 소나 말 같은 동물들은 모기를 죽일 준비를 하지는 않잖아요? 모기는 단지 살기 위해 피를 빠는 것뿐인데, 인간은 모기를 죽이기 위한 온갖 준비를 해놓고는 보이기만 해도 즉시 죽여버립니다. 모기에겐 여간 성가신 존재가 아닐 것입니다.

저는 모기를 포함한 작은 초파리 같은 것을 보면 손으로 움켜쥔 다음 창문을 열어 바깥으로 날려주곤 합니다. 그들도 곤충으로 태어나고 싶어서 태어난 것은 아니겠죠. 고통 없이 살고 싶어 하는 우리와 똑같은 생명체일 것입니다. 아마 인간의 잠을 방해하거나, 간지럽게 하려는 의도 같은 건 없을 겁니다. 물론 모기는 그 모든 것을 의식조차도 하지 못할 것입니다.

모기를 통해 자신을 돌아봤으면 합니다. 악의가 전혀 없더라도 받아들이는 사람이 고통을 느낀다면, 그것은 악이 될 수 있습니다. 나쁜 의도는 없지만, 무의식적으로 하는 내 행동이 혹시 다른 사람들에게 고통을 주고 있는 것은 아닌지 한번 생각해보면 좋겠습니다.

≋

운이 좋았을 뿐

일이 잘됐을 때는 운이 좋았다고 생각하고,
일이 잘못되었을 때는 '내 탓'이라고 생각해보세요.
일이 계속 잘되더라도 운이 계속해서 좋았을 뿐,
내가 잘나서 그런 것은 아니라고 생각해보세요.

~~~~~

착
각

흔히들 일찍 일어나는 새가 벌레를 잡아먹는다고 합니다. 하지만 벌레라면 이야기가 달라집니다. 아주 늦게 일어나야 잡아먹히지 않겠죠. 너무도 당연한 이야기입니다.

하지만 현실에서 우리는 '일찍 일어나는 벌레'처럼 행동하기도 합니다. 자신이 벌레인지 새인지를 잘 모르기 때문일까요? 아니면 자신은 벌레인 걸 알면서도 새를 따라 하면 새가 될 수 있을 거라는 착각으로 살기 때문일까요?

여
행
을 가
지
않
아
도

여행은 지루한 일상에 활력을 불어넣어줍니다. 새로운 풍경, 낯선 기후, 그리고 이국적인 음식은 충분히 매력적이고, 어디를 가서 무엇을 하든 다른 사람의 눈치를 보지 않아도 될 만큼 온전히 자유로울 수 있습니다. 그래서일까요? 열심히 일을 하는 목적이 여행을 가기 위해서인 사람들도 많습니다.

그러나 저는 여행이 반드시 필요한 일이라고는 생각하지 않습니다. 여행에서 느끼는 새로움과 자유로움을 일상에서 느낄 수 있다면, 삶 자체가 여행이 될 수 있으니까요.

지금 이 순간에도 우리 몸의 수많은 세포들이 생겼다 사라지기를 반복하고 있습니다. 가만히 살펴보세요. 지금 하늘의 색깔은 어제와 다릅니다. 바람도 수시로 이리 불었다 저리 불었다 합니다. 어제의 햇살과 오늘의 햇살은 다릅니다. 구름이며 나뭇잎이며 강이나 바다도 한순간도 똑같지 않습니다. 우리가 매일 만나는 사람들도 마찬가지입니다. 미세하게 조금씩 다릅니다. 실로 똑같은 것은 없습니다. 매일, 아니 매 순간이 새롭습니다. 모든 것의 있는 그대로를 보고 듣고 느낄 수 있다면, 삶에 지루함이 끼어들 틈은 없을 것입니다. 모든 것이 새롭게 보이는 순간부터 삶은 여행이 됩니다.

물
이

흐
르
듯
이

'겨울이 지나면 봄이 온다.'
'동트기 전이 가장 어둡다.'
위로와 격려가 필요할 때 자주 쓰는 말이지만, 실제로 제가 많이
힘들고 아팠을 때 이 말들은 큰 위로가 되지 못했습니다.

아파본 사람들은 봄이 겨울로 기우는 계절임을 압니다. 빛이 든
자리에는 다시 긴 어둠이 내린다는 것도 압니다. 자연에서 겨울
과 어둠은 고난을 의미하지도, 봄과 밝음이 희망을 의미하지도
않습니다. 자연은 그저 있는 그대로일 뿐인데, 우리 인간이 자연
현상을 있는 그대로 받아들이지 않고 임의로 해석하는 것입니다.

자연의 일부인 우리가 자연처럼 살 수 있다면, 우리의 삶에서 고통과 기쁨이라고 부를 만한 것도 없을 것입니다. 물이 흘러가듯 삶의 흐름을 따라서 살 때, 즉 보고 싶은 대로 보고, 듣고 싶은 대로 듣고, 해석하고 싶은 대로 해석하는 것이 아닌, 좋고 나쁨의 판단 없이 있는 그대로 보고, 있는 그대로 듣고, 있는 그대로 받아들일 수 있을 때, 자연의 일부인 우리는 자연처럼 살 수 있을 것입니다.

~~~

불평주의자들의 공통점

불평불만을 달고 사는 사람들에게는 공통점이 있습니다. 자신을 바꿀 행동은 물론이고 그럴 생각조차 하지 않는다는 것이지요.

누워서 감이 떨어지기만을 바라고 누가 떠먹여주기만을 바라니까 변화는 없고 불만만 쌓여가는 것이겠죠.

≈≈≈≈

의식과 인식의 차이

비행기 안이었습니다. 비행기가 갑자기 많이 흔들렸고, 멀미가 심한 저는 속이 약간 울렁거렸습니다. 두 아들이 무서워하진 않을까, 신경이 쓰이기도 했습니다. 그러던 중에 둘째가 저를 보고 해맑게 웃으며 물었습니다.

"아빠! 우리 지금 떨어지는 거야?"
"아니야, 안 떨어져."

아이들은 아마 비행기가 떨어진다고 제가 장난쳤어도 긴장하지 않았을 것입니다. 몸으로 똑같이 심한 흔들림을 느끼면서도 아이들은 두려움보다는 재미를 느꼈던 것 같습니다. 죽음이란 개념이 제대로 서지 않은 아이들에게는 죽음에 대한 두려움조차 없는 것 같습니다. 대상을 어떻게 인식하느냐에 따라 느끼는 감정은 달라지는 법이니까요.

비행기의 흔들림을 느끼는 것은 '의식'하는 것이고, 흔들림을 통해 두려움을 느끼는 것은 '인식'하는 것입니다. 우리가 해야 할 것은 단지 의식하면서, 자신이 대상을 어떻게 인식하는지를 알아차리는 것입니다. 꽃을 보고 예쁘다고 느낄 때는 '꽃을 예쁘다고 생각하는 나'를 알아차리고, 특정 말을 듣고 화가 난다면 '이 말을 들으니 화가 나는 나'를 알아차림으로써 나의 성향을 알아가는 것이죠. 그것을 아는 것만으로도 굳어진 성향은 점점 엷어지고 끝내 사라질 것입니다. 그렇게 되면 인식은 사라지고 의식만 남게 됩니다. 나만의 색안경을 통하지 않고 사물과 현상을 있는 그대로 보고, 있는 그대로 듣는 것이 가능해집니다.

파란 하늘과 흰 구름을 볼 때 '좋다, 아름답다, 파랗다, 하얗다, 하늘이다, 구름이다'라는 인식이 사라지는 경우가 가끔 있습니다. 내가 하늘인지 하늘이 나인지, 그러한 구분조차 없어지기도 합니다. 멍때리는 것과는 다릅니다. 분명히 모든 감각이 깨어서 의식은 하고 있지만 인식이 사라진 상태로, 지금 이 순간에 나 자신이 순수하게 존재하는 것이겠죠.

나도 모르는 사이에 만들어진 내가 아닌 본연의 나로 존재하기가 알아차림의 목적입니다. 다른 방법들은 차치하고 '지금 이것을 보고, 이것을 듣고, 이렇게 느끼는 나'를 항상 알아차려보세요.

높은 산 바위틈을 뚫고 피어 있는 한 송이 꽃을 보면, '어떻게 이런 험한 곳에서 저렇게 아름답게 필 수 있나'라는 생각이 절로 듭니다. 바람을 타고 날아왔건, 곤충이나 인간, 동물의 몸에 붙어 옮겨졌건, 어딘가에서 온 씨앗이 바위틈에 들어가게 되었을 것입니다. 척박한 토양으로부터 양분을 얻기 위해서 뿌리를 더 깊이 내렸을 것이고, 햇빛을 받기 위해 빛이 들어오는 틈을 향해 온몸을 비틀었을 것입니다. 이러한 과정을 거친 후 꽃을 피운 것이겠죠.

식물에 있어서 꽃을 피운다는 것은 존재 목적도, 결과도 아닙니다. 꽃은 단지 식물의 생애에 있어서 살아내는 한순간의 모습일 뿐입니다. 그 과정에서 인간에게는 감동을, 꿀벌이나 나비에게는 꿀을, 그리고 또 언젠가 그 자리에서 꽃을 피울 씨앗에 좋은 양분을 제공합니다. 비록 그 모든 것이 의도한 것은 아니지만, 꽃이 주는 감동과 이로움은 그 어떤 인간이 의도한 결과보다도 좋을 것입니다.

우리는 어떤가요? 다른 사람들의 눈에 예쁘게, 화려하게 비칠 꽃을 피우기 위해서 살아가고 있는 것은 아닐까요? 운이 좋아 꽃을 피우면 그 꽃이 영원하기를 바라는 마음으로 살아갑니다. 그것이 바로 집착인데, 집착은 우리를 고통 속으로 밀어 넣습니다.

우리 모두가 주어진 환경에서 충실히 살아갈 때, 억지스러움이 아닌 자연스러운 감동과 이로움을 세상에 전할 수 있을 것입니다. 우리 모두가 하나하나 소중한 존재임을, 바위틈에 핀 꽃 같은 기적 그 자체임을 잊지 마세요.

5 장

아무도 가르쳐주지 않은 일

카르페 디엠

어린아이들은 생떼를 많이 쓰죠. 제 두 아들도 마찬가지입니다. 둘째 아들은 네 살 무렵 하루가 멀다고 엄청나게 떼를 쓰곤 했습니다. 특히 잠을 자다가 깬 후에는 상상을 초월하는 억지를 부리곤 했습니다. 제가 밥을 먹고 있으면 밥을 뱉으라고 울고, 화장실에서 볼일을 보고 있으면 응가를 다시 집어넣으라고 울기도 했답니다. 그러다가 혼이 나면 옷에 오줌을 싸버립니다. 그렇게 한 30분을 실랑이하고 나면 정말 진이 다 빠지고 아이의 꼴도 보기 싫어집니다. 그런데 이 녀석은 5분만 지나면 언제 그랬냐는 듯 웃으며 달려와서 애교를 부리며 놀아달라고 합니다. 그럴 때마다 '얘는 인격이 여러 개인가? 그 난리를 쳐놓고 어떻게 이렇게 금방 아

무렇지도 않을 수 있지? 정신적으로 문제가 있나?'라는 생각이
들어 걱정이 됐습니다.

수행을 한 이후에야 아이의 그런 행동을 이해할 수 있게 되었습
니다. 어디까지나 제 추측이긴 합니다만, 아이들은 정말 그 순간
을 살기에 뒤끝이 없는 것 아닐까 하는 생각이 들었습니다. 배우
자나 연인과 그렇게 싸웠다면, 아마 최소 며칠간은 서로 말도 하
지 않을 것입니다. 싸웠을 때의 감정이 여전히 남아 있어 현재에
집중하지 못하기 때문입니다. 하지만 아이는 좀 전의 감정을 벌
써 잊었기에 현재 상황에 충실할 수 있는 것이죠.

이제 다섯 살이 된 둘째는 예전과는 좀 달라졌습니다. 혼이 나고
나면 토라져서 말도 하지 않는 시간이 점점 길어지고 있습니다.
자아가 점점 강해지고 있다는 것을 의미하겠지요. 그리고 앞으로
자기 자신에 대한 인식은 점점 강해질 것입니다. 점점 더 한번 생
긴 감정을 사라지도록 내버려두지 않고 붙잡을 것이며, 그 감정
을 더 많이 소유함으로써 더 강한 자아를 형성하려고 하겠죠. 순
간에 존재하려고 하기보다는 무언가가 되기 위한, 무언가를 이루
기 위한 노력을 끊임없이 하겠죠. 그렇게 변할 것을 알면서도 한
동안은 지켜볼 수밖에 없음을 압니다. 삶을 통해서 아이 스스로

자연스럽게 보고 배울 수 있도록 하는 것 말고는 따로 가르칠 방법이 없으니까요.

우리도 그렇게 순수할 때가 있었습니다. 어떤 것을 해도 어떤 것을 봐도 다 신기하고 즐거웠던 때. 어떤 후회나 미련도 없이, 미래에 대한 걱정도 없이, 삶을 놀이처럼 즐기던 때. 그런 아이 때의 순수함이 그리워집니다.

아
무
것
도
하
지
않
으
면

세상에서 가장 어려운 일은 아무것도 하지 않는 것일지도 모릅니다. 무엇이든 하는 것만 배워왔을 뿐, 아무것도 하지 않는 것은 한 번도 배워본 적이 없으니까요.

아무것도 하지 않고 가만히 있으면 큰일 나는 줄 알지만, 막상 아무것도 안 해보면 아무 일도 일어나지 않는다는 것을 알게 됩니다. 어쩌면 그 와중에 대단한 무언가를 하게 될지도 모릅니다.

아무것도 하지 않기의 다른 말은 '나로 존재하기'일지도 모르겠습니다.

지금 행복할 수 없다면 미래에도 행복할 수 없습니다. 다음 생에도 행복할 수 없습니다.

'지금 이 고달픔을 참고 견뎌내면 천국에 가서 행복을 누릴 수 있을 거야'라고 생각하는 사람이 있을지도 모르겠습니다. 글쎄요, 천국이 있는지 없는지는 누구도 알 수가 없습니다. 만약 있다면, 지금 만족하지 못하는 사람은 천국에서도 만족하기 힘들 것입니다. 만약 없다면, 천국에 대한 기대로 견디며 산 인생이 너무 허무하지 않을까요? 지금 이 순간을 만족스럽게, 행복하게 잘 살다가 죽었는데 천국에 갈 수 있다면, 그게 가장 좋은 것 아닐까요?

'나중에 성공하면 봉사하겠다', '나중에 잘되면 잘해주겠다'라고 말하는 사람치고 진짜 그렇게 하는 사람 못 봤습니다. '지금은 상황이 여의치 않아서', '다음에 좀 여유가 생기면' 이런 얘기를 하는 사람은 그런 얘기만 하다가 죽습니다.

지금 당장 하세요. 그리고 당장 행복하세요.
그냥 한번 해보는 겁니다. 나이키는 엄청난 명언을 만들어냈습니다.
'Just do it!'
그래서 요즘 나이키만 입고 다니는 것은 아닙니다.

다
른

오
늘

새해가 되면 가장 먼저 계획부터 세웁니다. 물론 계획대로 실천
하기란 여간 어렵지 않습니다. 사람들은 말합니다. 계획이란 게
원래 지키기 어려운 것이라고요. 그런데 사실 우리가 계획을 지
키지 못하는 이유는 따로 있습니다.

'내일', '다음'이라는 새로운 시간이 온다는 것을 우리는 경험적으
로 알고 있습니다. 그래서 이번에 망쳐도 다시 세우면 되는 것이
계획이고, 그러다 보니 또 실패하고 맙니다.

내일이 있다는 것은 희망이기도 하지만, 때로 반복되는 내일은
순간을 살아갈 의욕을 앗아가기도 합니다. 시계로 확인하는 시간

은 어제나 오늘이나 다를 것이 없지만, 분명 어제와 오늘은 다르고 내일은 오늘과 또 다를 것입니다. 오늘은 '다시 오늘'이 온 것이 아니라 '다른 오늘'이 온 것입니다.

같은 오늘은 반복되지 않습니다. 오늘을 잃으면 그 하루는 영원히 잃는 것입니다. 순간에 애가 끓는 사람만이 시간 안에서 성장합니다.

돈

돈이 많다고 반드시 행복한 것은 아니라면
돈이 적다고 반드시 불행한 것도 아니겠죠.

미
래
지
향
적 SNS

SNS에 '일상'이라는 주제로 올라오는 게시물들을 보면 현기증
이 납니다. 사진만 보면 대한민국 청년실업이 진짜 문제인지, 장
기 불황이 맞는지조차 헷갈립니다. 사진 속 세계에는 돈과 행복,
그리고 여유가 넘쳐납니다. 어려움을 호소하는 제 주변 사람들의
삶과 어찌 이리도 다른지 모르겠습니다.

사진을 보다가 문득 그런 생각이 듭니다. 삶을 담아낸 한 장이라
기보다는, 살고 싶은 삶을 담아낸 한 장일지도 모르겠다는…….
행복한 얼굴을 하고 있지만 제 눈에는 현재형이 아닌 미래지향형
쯤으로 보이는 것은 왜일까요? 좋은 차를 타고, 좋은 것을 먹고,

좋은 사람을 만나는 그 시간을 온전히 즐기지 못하고 끊임없이 증명해 보이려는 모습에서 애씀이 보이는 것은 저만의 착각인 걸까요?

술을 마시거나, 클럽에 가거나, 책을 읽거나, 운동을 하거나, 신앙
생활을 하거나……. 우리가 할 수 있는 수많은 활동입니다.

누군가의 취미나 특기가 클럽에서 춤추는 것이라고 하면, 어떤
느낌이 드나요? 클래식 음악 감상과 바이올린 연주가 취미라고
하면 어떤 생각이 드나요? 술을 마시고 클럽에서 노는 것은 책
을 읽거나 운동을 하는 것보다 격이 낮을까요? 와인을 마시며 클
래식을 듣거나 고전을 읽는 것은 고상한 일일까요?

제 생각엔 저 모든 것은 서로 차이가 없습니다. 모두 각자에게 기

뿜을 주는 활동이라는 점에서 똑같기 때문이죠. 자기 자신에게 기쁨을 주지 않는 활동이라면, 누구도 돈과 시간을 굳이 들이지 않을 것입니다. 클럽 음악을 들어서 기분이 좋아지는 사람이 있고, 클래식 음악을 들어서 기분이 좋아지는 사람이 있습니다. BJ 들의 방송을 보는 것을 좋아하는 사람도 있고, 시사 프로그램을 좋아하는 사람도 있습니다. 단지 취향이 다를 뿐입니다. 어떤 것을 선호하느냐가 사람의 수준이나 격을 판단하는 기준이 될 수 없습니다. 취미나 특기에 따라 사람이 다르게 보인다면, 그것은 편견, 선입견, 고정관념 등이 작용했기 때문입니다.

어떤 활동을 하거나 대상을 취할 때, 세상의 기준이나 타인의 시선 따위는 신경 쓰지 마세요. 그저 자신이 좋아하고 잘하는 것을 하면 됩니다. 다만, 그 행동이나 활동이 일시적인 쾌락을 위한 것은 아닌지, 인생을 잘못된 방향으로 이끌고 있는 것은 아닌지를 늘 염두에 두어야 합니다. 그 부분에서 문제가 없다면, 꾸준히 해나가며 그저 즐기면 됩니다. 그러면 시선이 밖으로, 남으로 향할 일도 없습니다.

음
식
의

힘

"인생에서 성공하는 비결 중 하나는 좋아하는 음식을 먹고 힘내 싸우는 것이다"라고 마크 트웨인이 말했습니다.

먹기 위해서 사는 것인지 살기 위해서 먹는 것인지 헷갈리는 세 상입니다. 원래는 살기 위해 먹는 것이지만, 그만큼 먹는 즐거움 이 크다는 뜻이기도 하겠죠.

마크 트웨인도 먹는 것을 좋아했나 봅니다. 오늘도 맛있는 것 먹 고 힘내봅시다.

굿바이, 지옥철

지난겨울, 서울에서 난생처음 지옥철을 경험했습니다.

김포공항에서 강남까지 갈 때는 9호선 급행을 이용하곤 하는데, 출근 시간대에 지하철을 타는 것은 처음이었습니다. 생각했던 것보다 지하철 안의 상황은 심각했습니다. 정류장을 지날수록 사람들이 점점 더 밀려드는데, 나중엔 숨쉬기조차 곤란하더군요. 서울에서 살다가 공황장애가 생겼다는 사람들의 이야기가 과장만은 아니구나, 싶었습니다.

땀으로 속옷까지 젖었습니다. 결국, 목적지를 몇 정거장 앞두고 내리고야 말았습니다. 그리고 9시를 조금 넘겨 다시 지하철에 올랐습니다. 불과 10분 차이였지만 지하철 안은 신기할 정도로 한산했고 도착지까지 쾌적한 기분으로 갈 수 있었습니다.

지옥철은 제게 '충격'이었습니다. 무엇보다 사람들의 모습이 충격적으로 다가왔습니다. 누구랄 것도 없이 하나같이 스마트폰에 시선을 고정하고 있다가, 문이 열리면 손바닥 하나 들어갈 틈 사이로 내릴 사람은 내리고 탈 사람은 탔습니다. 신은 인간에게 자유의지를 주셨다고 하는데, 정해진 시스템 속에서 자동으로 움직이는 모습에서 자유의지를 찾아보긴 힘들었습니다.

원대한 목표나 대단한 것을 이루겠다는 생각으로 살라는 것이 아닙니다. 작지만 확고한 의지만 있어도 삶은 바뀔 수 있습니다. 아침에 단 30분, 아니 10분만 일찍 일어나도 그 시간이 선물하는 여유는 우리의 하루를, 한 달을, 일 년을, 평생을 바꿔놓을 수도 있을 것입니다.

내 의지로 하는 선택이 하나둘씩 늘어날 때, 세상에 내주었던 내 삶의 주도권은 다시 나에게 돌아올 것입니다. 지금 이 순간부터 시작하세요. 지옥철과의 이별을 고하자고요.

작은 선택

우리는 살면서 수많은 선택을 합니다. 굵직굵직한 선택만을 말하는 것이 아닙니다. 하루만 살펴봐도 얼마나 많은 선택을 하는지 알 수 있어요. 알람을 듣고 바로 일어날지 5분만 더 자고 일어날지, 어떤 옷을 입을지, 어떤 길로 출근할 것인지, 뛰어가서 버스를 잡을지 다음 버스를 탈지, 점심은 무엇을 먹을지 등등. 이렇게 사소한 것 하나하나가 모두 당신이 매일 해야 하는 선택입니다. 사소한 선택의 합이 일상인 것이지요. 어쩌면 삶을 결정하는 것은 당신의 일상적인 선택일지도 모릅니다.

예컨대, 다이어트를 결심합니다. 저녁 7시 이후 물 이외에는 아무것도 먹지 않기로 합니다. 그런데 친구가 고기를 사겠다는 말에 '그래, 다이어트는 내일부터 시작하지 뭐' 하는 마음으로 약속 장소에 나가고, 많이 먹습니다. 속이 더부룩한 상태에서 잠이 듭니다. 다음 날 아침 알람 소리에 일어나려는데, 몸이 천근만근입니다. '딱 5분만 더 자자'라는 생각으로 눈을 감습니다. 5분이 아니라 15분이 지났습니다. 급한 마음에 허둥지둥 준비하고 뛰어나 갑니다. 지하철을 타기 위해 사람들 틈으로 몸을 구겨 넣습니다. 겨우 타긴 했는데, 뭔가 허전합니다. 중요한 서류를 놓고 왔습니다. 알아차리는 순간 이미 늦었습니다. 직장에 도착해서 눈치를 봅니다. 하루 종일 좌불안석입니다. 고기를 사준 친구가 원망스럽기까지 합니다. 홧김에 퇴근 후 한잔하러 갑니다. 다이어트는 물 건너갔습니다. 도전과 실패의 반복 과정은 대개 이렇습니다.

작은 선택의 결과는 다음 일어날 일의 원인이 됩니다. 이런 식으로 인과가 발생하고 그것들이 모여 인생이 결정됩니다. 매 순간 깨어 있으며 사소한 것 하나도 무의식중에 선택하는 일이 없게 해야 합니다. 자연스럽게 일어나는 호흡조차도 내 의식 아래에 둘 수 있을 정도로 깨어 있어야 합니다.

그릇은 그릇일 뿐

그릇은 무언가를 담기 위한 도구입니다. 물을 담을 수도, 풀을 담을 수도, 고기를 담을 수도, 돈을 담을 수도 있습니다. 채우고 싶은 것으로 채우고자 하면 얼마든지 채울 수 있지만, 그것으로 채운다고 해서 그릇이 물이 되거나 고기가 되거나 돈이 되진 않습니다. 그릇은 그릇일 뿐입니다.

장인이 만든 값비싼 그릇이라고 해서 좋은 음식만 담아야 한다는 법도 없습니다. 뚝배기엔 뜨거운 음식만 담을 필요도 없습니다. 물론 그릇의 모양이나 두께에 따라 더 어울리는 것을 담으면 좋겠지요. 하지만 필요에 따라 무엇이든 담을 수 있어야 합니다.

그렇지 않으면 그릇이 아닙니다. 갑자기 아기가 구토를 하면 구토물을 받을 수 있어야 하고, 집 안에 물이 찼다면 물을 퍼낼 수도 있어야 합니다. '꼭 이래야만 한다'고 정해진 것은 없어요.

그릇이 그릇의 역할을 충실히 하기 위해서 반드시 필요한 것은 비움입니다. 비어 있지 않고 무엇인가로 가득 차 있다면 그 역할을 해낼 수 없습니다. 그렇다고 텅 빈 상태만을 유지하려고 해서도 안 됩니다. 빈 상태만 유지하고 뭔가를 채우지 않는다면, 그것도 그릇이라 할 수 없으니까요.

사람도 마찬가지입니다. '나'라는 그릇을 돈, 명예, 권력 등으로 아무리 채워도 그것이 내가 되지는 않습니다. 그때그때 요구되는 역할에 충실할 수 있게 자신을 쓸데없는 것으로 채우지 않고 비움의 상태를 유지하는 것이 필요할 뿐이죠.

당신은 괜찮다

감당할 수 없을 만큼의 무게로 삶이 당신을 짓누르는 순간에도
느껴보세요. 당신은 여전히 그 자리에서 숨 쉬고 있음을.

달라진 건 없다

어렸을 때는 완두콩을 좋아했습니다. 완두콩만 골라서 먹었죠. 어린 눈에 초록색 콩이 예뻐 보였던 것 같습니다. 그렇게 완두콩만 골라서 먹다가 어느 순간부터는 콩만 빼고 먹기 시작했습니다. 콩의 식감이 싫었습니다. 그러다 보니 콩으로 만든 모든 것들이 싫어졌어요. 나중에는 두부와 순두부는 물론이고 콩과 같은 퍼석한 질감을 가진 모든 것들이 싫어졌습니다.

반면에 어렸을 때는 싫어했으나 커가면서 즐기게 된 음식들도 있습니다. 생선 같은 해산물의 맛을 잘 몰랐었는데, 그 특유의 맛을 알게 되면서부터 일부러 찾아 먹기 시작했습니다. 제철이 되면 맛이 더 살아나는 것을 느끼게 되면서는 제철 음식을 찾아 먹는 것을 즐기게 되었습니다.

음식의 맛이 달라진 것일까요? 아니면 제 입맛이 달라진 것일까요? 요리하는 사람에 의해 음식의 맛이 달라지기도 하지만, 재료 본연의 맛은 그대로일 것입니다. 완두콩도 그대로고 해산물도 그대로입니다.

음식은 맛이 '좋거나 나쁜' 것이 아니라 음식 그 자체의 맛이 있을 뿐입니다. '맛이 없는' 것도 없습니다. 모든 음식에는 특유의 맛이 존재할 뿐이니까요. 지금껏 꺼려왔던 음식이 있다면 한번 시도해보세요. '아, 이것은 원래 이런 맛이었구나' 하고 재료 본연의 식감과 맛을 느끼게 될 것입니다. 음식 자체에 싫어할 이유는 전혀 없습니다. 나의 인식이 만들어낸 좋은 음식과 싫은 음식이라는 허상이 있을 뿐입니다.

음식뿐만이 아닙니다. 모든 사물, 사람도 마찬가지입니다. 있는 그대로를 받아들여야 합니다. '사람은 변하기 때문에 똑같이 적용하는 것은 무리'라고 생각할 수도 있습니다. 그런데 이렇게 한번 생각해보죠. 엄마를 예로 들어볼게요. 엄마는 늙어도 엄마고,

병들어도 엄마입니다. 치매에 걸려 나를 알아보지 못하고 이해할 수 없는 행동을 한다 하더라도 엄마는 엄마입니다. 엄마의 존재 자체는 변하지 않습니다.

성철 스님의 말씀을 좀 바꿔보겠습니다.
'완두콩은 완두콩이요, 생선은 생선이요, 엄마는 엄마다.'

좋고 싫음은 오직 내 인식에 의해서만 생기는 것입니다. 있는 그 대로를 받아들이세요.

요가를 할 때, 몸이 워낙 뻣뻣한 편이라 웬만한 동작들은 자세가 잘 나오질 않습니다. 그래도 날마다 꾸준히 하니 처음보다는 나아지고 있음을 느낍니다. 물론 그 대가로 매일 무릎부터 허벅지 뒤쪽까지 그다지 유쾌하지 않은 통증을 달고 삽니다.

고통이 시작되는 점부터가 육체의 한계라고 생각합니다. 고통을 느끼지 않을 만큼만 움직인다면 몸은 편하겠죠. 하지만 더 이상의 발전도 없을 것입니다. 요가를 하는 이유도 없겠죠. 현재의 내 몸 상태를 잘 인식하면서, 근육이나 인대에 무리가 가지 않는 범위 내에서 한계까지 몰아붙여야 합니다. 물론 내 몸이 가진 한계는 분명 있겠지만, 매일매일 한계까지 몰아붙이다 보면 한계가 어디까지인지 알 수 없게 됩니다. 바쁘다거나 피곤하다는 핑계로 거르지 않고 꾸준히 한다면, 우리가 도달할 수 있는 최상의 상태에 분명히 도달할 것입니다.

스스로에게 질문을 던져보세요.
'지금 상황에서 최선을 다하고 있는가?'
다시 한번 물어보세요.
'그것은 정말 최선인가?'
한계를 미리 정해놓고 그 안에서 적당히 하면서 최선을 다하고 있다고 스스로 속이고 있지는 않나요?

자신의 한계를 알기 위해서는 시도해보는 수밖에 없습니다. 충분히 해낼 수 있는 능력을 가지고 있음에도 불구하고 '에이, 난 안 될 거야. 다른 사람들도 못 하는데, 내가?'라는 생각으로 미리 선을 긋고 포기해선 안 됩니다. 보고 싶은 것만을 보려고 하면서 그것을 자신의 한계라고 생각해서는 안 됩니다. 정신적인 부분도 마찬가지입니다. 특정 사고 안에 머물려고 하는 것은 자신이 정해놓은 사고의 틀 안에서 머무는 게 편하기 때문이 아닌가요?

스스로를 과소평가하지 마세요. 한계를 미리 설정하지 마세요.

'아, 이제는 한계야, 더 이상은 못 하겠어'라고 생각지 말고 '아, 지금은 이렇구나, 이렇게 느껴지는구나, 이렇게 보이는구나, 이렇게 들리는구나'라는 생각으로 지금의 자신을 더 잘 느껴보세요. 당신이 생각하는 것보다 당신은 더 대단한 존재라는 것을 잊지 마세요.

여행은 반드시 떠나야 할

내가 사는 동네는 내가 제일 잘 안다고 생각하고, 자꾸 밖으로 밖으로 여행을 떠나려 합니다. 그래서 다른 지역에서 온 사람이 우리 동네를 나보다 속속들이 알고 있을 때, 적잖은 충격을 받기도 하죠.

마찬가지입니다. 나 자신을 누구보다 잘 아는 것은 나라는 생각에, 나를 알아가는 것을 소홀히 할 때가 많습니다. 타인이 나를 보듯 나 자신을 낯선 시선으로 관찰하며 나를 알아가는 여행을 떠나보세요.

어쩌면 인생에서 가장 중요한 여행은 자기 자신의 구석구석까지 살피는 여행일지도 모릅니다. 자신을 찾는 긴 여정이 끝나면, 내가 변하게 되고 세상이 변하게 되니까요. 외부로 떠나는 여행이 아닌, 자기 마음으로 들어가는 여행을 떠나봅시다.

≋

'잠
깐,
의
나
비
효
과

출근길이었습니다. 가다 서다를 반복하고 있다가 '쿵' 하는 소리
와 함께 목이 뒤로 젖혀졌습니다. 사고가 난 곳이 다리 위라 갓길
도 없어서 그 상태로 차를 세워놓고 보험사 직원을 기다렸습니
다. 젊은 운전자는 당황한 기색이 역력했습니다.

정체가 심한 도로에서 사고가 난 것은, 아마 운전자가 휴대전화
를 보거나 딴생각을 했기 때문이겠죠. 나가 있던 정신은 앞차의
범퍼와 부딪치는 순간, 되돌아왔을 것입니다.

찰나에 집중하지 못한 결과는 상상을 초월할 정도로 클 수도 있

습니다. 보험사 직원을 기다리는 동안 뒤쪽에 길게 늘어선 차 안 운전자들의 짜증 섞인 표정을 보며 느꼈습니다. 기분 좋게 시작하여도 모자랄 아침에 그들에게 선사한 짜증은 그들의 업무와 하루에, 주변에 영향을 미칠 것이고 점점 퍼져나갈 것입니다. 나비의 작은 날갯짓이 날씨 변화를 일으키듯, 우리가 무의식중에 하는 작은 행동이 주위에 큰 영향을 미칠 수 있음을 잊지 말아야 합니다. 일상 중에 깨어 있어야 할 필요성을 절실히 느끼게 해주는 진한 접촉 사고였습니다.

≈≈≈

제
대
로
쉼

바쁘고 똑같은 일상이 반복될 때, 사람들은 쉼을 원합니다. 하지만 막상 쉴 시간이 주어졌을 때, 온전히 쉬지도 못합니다. 어쩌면 현대인들에게 가장 어려운 일이란 아무것도 하지 않는 것일지도 모릅니다.

사람들이 쉬는 방법으로 주로 택하는 것은 여행입니다. 그러나 우리는 여행 중에 잠시도 휴대전화를 내려놓지 못합니다. 사진을 찍어 소셜미디어에 올리고, 어디를 갈지, 무엇을 먹을지, 돌아가서는 무엇을 해야 할지 등을 끝없이 생각하느라 쉬지 못합니다. 여행 이후에 더 피곤함을 느끼는 것은 여행에서 제대로 쉬지 못한 것을 의미하는 게 아닐까요.

제대로 쉬는 것이란 어떤 걸까요. 제가 생각하는 쉼이란 아무것도 하지 않는 것입니다. 여행을 준비하는 수고를 할 필요도 없습니다. 있는 그 자리에서 아무것도 하지 않고 쉬면 됩니다. 휴대전화는 물론이고 TV도 보지 않고 책도 읽지 않습니다. 누구를 만날지, 무엇을 먹을지 고민도 하지 않고 그냥 쉬는 것이죠. 누군가가 가르쳐준 적도, 누군가가 하는 것을 본 적도 없기에, 아무것도 하지 않기란 쉽지 않습니다. 지금 당장 이 책을 덮고, 아무 생각도 계획도 세우지 말고, 지금 있는 그 자리에서 존재함을 느껴보세요. 단지 지금 여기에 있음을 느껴보세요. 언제든 어디든 충분한 쉼이 될 것입니다.

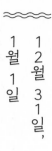

12월 31일, 1월 1일

한 해의 마지막 날도, 새해 첫날도 저에게는 딱히 의미가 없습니다. 지난 일 년을 돌아볼 것도, 새해 다짐이랄 것도 없습니다. 하루, 한 달, 일 년, 심지어 영원마저도 순간의 합에 불과할 뿐이죠. 깊은 반성, 거창한 계획보다는 순간을 목표로 살아갑니다.

6 장

사랑이라는 착각에 관하여

상
처
를
대
하
는
자
세

상처가 났습니다. 처음에는 아프기도 하고 불편하기도 합니다. 그러나 가만히 놔두면 저절로 아물면서 딱지가 생기고 새살이 돋아나죠. 비록 흉터가 남을지 몰라도 더 이상 아프거나 문제가 되진 않습니다. 하지만 치유되는 과정에서 자꾸 상처에 손을 대고 후벼 파면 시간이 지나도 아물지 않고 점점 더 상태가 안 좋아질 수도 있습니다.

물론 육체적인 고통을 겪고 있을 때는 저렇게 바보 같은 짓을 하는 사람은 드뭅니다. 그러나 정신적으로 힘든 시간을 보내고 있는 사람들은 자신도 모르게 종종 상처를 후벼 파는 행위를 반복하곤 합니다. 이미 지나간 사건의 기억을 흘려보내지 않고 붙잡고 있는 경우죠. 흘러갈 만하면 다시 불러일으키고 또 흘러갈 만하면 다시 불러일으킵니다. 고통에서 벗어나고 싶어 하는 것이 아니라 오히려 고통 속에 머물기를 원하는 것처럼 보일 정도입니다.

반복된 행위가 하나의 습관으로 자리 잡으면, 그때부터는 고통에서 벗어나기가 정말 어렵습니다. 고통은 이제 떼려야 뗄 수 없는 것이 됩니다. 고통이 없는 자신은 남처럼 느껴질 정도여서 고통과 헤어지는 것이 두려운 건지도 모릅니다.

이는 마치 해가 떠서 어둠이 걷혔는데도 암막 커튼을 친 채 컴컴한 방 안에 혼자 웅크리고 앉아 있는 것과 같습니다. 커튼을 걷으면 빛을 볼 수 있다는 것을 알면서도 어둠에 적응된 눈이 고통스러울까 봐 두려워하는 것과 같습니다. 지나간 일에 대한 후회와 집착의 끈을 놓아버리면, 반드시 빛이 들어와 당신을 따스하고 밝게 채울 것입니다.

~~~~~

후
회
하
지 않
으
려
면

나의 선택으로 일어날지도 모르는 최악의 상황을 감당할 수 있을

것 같으면 Do it!

그럴 자신이 없다면 Don't do it!

시간은
되돌릴
수
없지만

우리는 종종 '시간을 되돌릴 수만 있다면' 하는 생각을 합니다. 지나간 일에 대한 후회와 미련 때문이죠. 시간이 지나고 나서 과거를 되돌아보면, 그때는 미처 보지 못하고 생각지 못했던 상황들이 객관적으로 보입니다. 다시 그때로 돌아간다면, 어떤 후회도 미련도 남기지 않을 수 있을 것만 같습니다. 그때 그러지 못했던 스스로가 원망스럽습니다.

애석하게도 우리는 시간을 되돌릴 수 없습니다. 하지만 경험을 통해 배울 수 있고, 어리석은 일을 반복하지 않을 수 있는 능력은 있습니다. 지난 일을 부여잡고 그 속에 빠져 있는 것은 의미가 없습니다. 우리가 해야 할 일은 당시의 상황과 자기 자신을 객관적으로 보려고 노력하는 것입니다. 무엇이 잘못이었는지를 깨닫게 된다면 비슷한 상황이 다시 왔을 때 어떻게 할 것인지를 그려보세요. 그런 다음에는 현재의 나를 객관적으로 보며 균형 잡힌 마음으로 매 순간을 사는 것입니다. 그렇게만 할 수 있다면 시간이 지나서 지금의 나를 돌아봤을 때, 어떤 후회와 미련도 남아 있지 않을 것입니다.

같은 소리, 다른 느낌

남들에게는 들리지 않는 특정한 소리가 계속 귓속에서 울려댑니다. 그래서 치료를 받고 있습니다. 소리로 소리를 치료하는 방식인데, 특수한 주파수의 소리를 계속 들려줌으로써 달팽이관의 유모세포를 자극하여 치료하는 원리입니다. 꾸준히 치료해야 효과를 볼 수 있다고 합니다.

새롭게 알게 된 사실이 있습니다. 기계는 똑같은 소리를 내는데, 오른쪽 귀와 왼쪽 귀에서 받아들이는 소리가 서로 다를 수도 있다고 합니다. 이를테면 똑같은 소리가 오른쪽엔 '삐삐삐삐삐'로, 왼쪽엔 '위용위용위용'으로 들리는 겁니다. 양쪽 귀의 상태가 서로 다르기 때문이라고 합니다. 내 몸 안에 있는 감각기관도 같은 대상을 다르게 인식하는데, 서로 다른 사람들끼리는 얼마나 큰 차이가 있을까요.

같은 소리를 듣지만 다른 소리를 들을 수 있습니다.
같은 것을 보지만 다른 것을 볼 수 있습니다.
같은 것을 만지지만 다른 것을 느낄 수 있습니다.
같은 경험을 하지만 다른 선택을 할 수 있습니다.

초록색이라는 말을 들었을 때, 사람마다 머릿속에 떠오르는 초록색은 제각각일 것입니다. 유명한 커피 브랜드의 초록색이 떠오를 수도 있고, 한여름 나뭇잎의 초록색이 떠오를 수도 있겠죠. 상태와 자라온 환경에 따라서 인식은 완전히 달라질 수 있습니다.

경험을 통해 옳다고 생각하는 것이 혼자만의 착각일 수 있습니다. 진리가 무엇인지 경험했다 하더라도, 나에게만 해당하는 진리일 수도 있습니다. 내가 느낀 것을 남에게 그대로 전달할 수도, 강요할 수도 없습니다. 우리는 단지 '지금 나는 이렇습니다. 이렇게 느낍니다'라고 말할 수밖에 없습니다.

저는 결코 치료기가 내는 원음을 알 수 없을 것입니다. 귀가 온전히 회복되어 그 소리를 들을 수 있게 되더라도 '원래는 이거였구나'가 아닌 '지금은 이렇게 들리는구나'라고 생각하겠죠. 국한된 경험으로 옳고 그름을 따지기보다는 현재 상태를 있는 그대로 인정하고 받아들이는 것이 우리가 할 수 있는 최선이 아닐까 합니다.

연인을 부르는 말

그와 함께 있을 때 그에게만 집중하고
그와 나의 구분이 없어져서 그가 곧 나이고 내가 곧 그이기에
우리는 연인을 서로 '자기야'라고 부르는 것이 아닐까요.

있는 그대로의 사랑

사랑은 우리 삶에서 가장 중요하다고 여겨지는 것입니다. 사랑이 없는 세상은 상상조차 할 수 없을 정도입니다. 그런데 우리는 사랑에 대해서 얼마나 알고 있는 걸까요.

사랑은 실체가 없기 때문에 꼭 집어 무엇이라고 말하기 어렵습니다. 다만, 저는 사랑이 무엇인지 '느껴봤기' 때문에 그것을 '안다'고 말할 수 있습니다.

사랑은 수시로 변하는 얄팍한 감정이 아닙니다. 의지나 결단 같은 것으로 지켜낼 수 있는 것도 아닙니다. 사랑을 하는 데 이유도 없습니다. 사랑하니까 사랑하는 것입니다. 사랑은 사랑 그 자체입니다. 사랑은 있는 그대로의 존재 자체를 온전히 받아들이는 것입니다. 온전히 받아들였을 때 '나'라는 인식은 없어지며 그와 나의 구분 또한 없어집니다. 곧 내가 그이고 그가 나입니다. 그가 존재하기에 내가 존재하고, 내가 존재하기에 그가 존재합니다. 그가 아프면 내가 아프고, 내가 아프면 그가 아픕니다. 그가 기쁘면 내가 기쁘고, 내가 기쁘면 그가 기쁩니다.

사람들은 사랑이라는 이름으로 상대를 소유하려 하고 바꾸려고 합니다. "다 너를 사랑해서 그러는 거야. 나 좋아지라고 하는 게 아니라 너를 위한 거야"라고 말하며 횡포를 부립니다. 그러면서도 그것이 사랑이라고 착각합니다.

진정으로 상대를 사랑하기 위해서는 나 자신을 바르게 사랑하는 법을 알아야 하고, 자신이 사랑 그 자체가 되어야 합니다. 그렇게 됐을 때 비로소 상대방을 있는 그대로 받아들일 준비가 되어 사랑할 수 있게 됩니다. 사람들이 하나둘씩 진정한 사랑에 대해 알아가며 삶 속에서 사랑을 해갈 때, 세상은 행복으로 넘쳐날 수 있습니다.

영원을 지키고 싶다면

영원을 약속하지 마세요.

영원을 약속하면서 순간을 지키지 못한다면 무슨 소용인가요.

대신 순간을 지키기 위해 노력하세요.

순간을 계속해서 지킬 수 있다면, 영원을 지킬 수 있습니다.

최
고
의
연
인

일생을 살며 우리가 만나길 원하는 최고의 연인은 어쩌면,
나를 누구보다도 사랑해줄 '나 자신'일 것입니다.

어
떻
게
살
것
인
가

후쿠오카로 여행을 다녀왔습니다. 도심에서 1시간 정도 떨어진
사가현의 이마리라는 곳에 가기로 했습니다. 소고기와 도자기로
유명한 마을입니다.

이마리 도자기 마을에 처음 도착했을 때 '오길 잘했다'라는 생각
이 들었습니다. 이국적인 자연과 마을의 모습은 여행자에게 영감
을 불러일으키기에 충분했습니다.

도자기 마을이 이렇게 깊은 산속까지 들어와 있는 이유는 임진왜
란 때 강제로 이주시킨 우리나라의 도공들이 도망가지 못하도록

하기 위해서였다고 합니다.

사람은 자신이 처한 상황에 따라 다르게 인식합니다. 같은 대상이라 할지라도 상황에 따라 받는 느낌은 천지 차이입니다. 400여년 전 이곳으로 끌려온 도공들이 본 산과 제가 본 산은 같지만 다른 산입니다. 다시는 고향으로 갈 수 없다는 막막함에 이 깊은 자연은 그들에게 절망의 숲이었을 것입니다.

현재 내가 사는 땅은 내게 어떤 의미인가를 생각해봅니다. 고향같은 따뜻한 안식의 공간인지, 아니면 거친 자갈이 나뒹구는 척박하고 고독한 땅인지. 글쎄요. 가만히 돌아보면 삶의 온도 차가수시로 있었던 것 같습니다. 바다 건너 따뜻한 동풍이 불다가도이내 시베리아의 삭풍이 온 땅을 삼켜버리기도 했으니까요.

우리는 환경의 영향을 받을 수밖에 없지만, 다행히도 환경을 해석할 힘은 있습니다. 이마리로 끌려온 도공들을 생각해봅니다.다시는 고향으로 돌아갈 수 없는 비극적 운명을 받아들이는 데는새로운 해석이 필요했을 것입니다. 환경을 바꿀 수는 없으므로그들은 도자기 굽는 숙명을 의롭게 해석했을 것입니다. 그렇게조금씩 자리를 잡고 뿌리내리기 위해 악착같이 살았을 것입니다.

현재 이곳에는 그들의 후손들이 살고 있겠지요.

이마리 마을은 평화롭고 아름답습니다. 좌절하지 않고 억척스럽게 삶을 해석한 조상들 덕분에 후손들의 일상에 행복이 깃들어 있습니다. '어떻게 살 것인가'라는 질문은 방법을 묻는 것이 아니라, 해석을 묻는 질문이란 생각이 듭니다.

원
수
를
사
랑
하
는
법

원수를 사랑하는 것은 가능할까요?

원수가 아니라고 생각하면 가능합니다.

평
생
해
야
할
것
들

자신을 진정으로 사랑하는 법을 배우고 실천하세요.

자신의 고통을 돌보듯 남의 고통을 돌보세요.

남에게 도움이 되면 선이고, 해가 되면 악임을 기억하세요.

평정심을 유지하고 깨어 있으세요.

그것이 전부임을 기억하세요.

평생을 건 베팅

사랑은 결혼의 전제 조건입니다. 아니, 우리 삶의 목적 자체가 사랑이라고 해도 과언이 아닙니다. 그런데 어느 날 문득 의문이 생겼습니다. 사랑해서 결혼하는 것이라면, 사랑이 사라지면 이혼해야 하는 걸까요?

감정이라는 것은 수시로 바뀝니다. 하루만 안 봐도 죽을 것같이 서로 뜨겁게 사랑하다가도 말 한마디나 행동 하나 때문에 상대방을 두 번 다시는 보고 싶지 않을 수도 있습니다. 믿을 수 없는 것이 사람의 감정인 것이죠.

연애 시절의 뜨거운 감정이 사라져도 결혼생활을 잘할 수 있는 방법이 있습니다. 아직 결혼을 하지 않은 분이라면, 제 이야기를 참고해서 결혼에 대해 생각해보길 바랍니다. 결혼생활을 하는 분이라면, 제가 말하는 것들을 생활 속에서 실행해보세요. 이미 충분히 행복하고 만족스러운 결혼생활을 하고 있는 분은 가볍게 읽어보세요.

'배우자가 청소를 안 해도, 설거지를 안 해도, 옷을 아무 데나 벗어놔도, 술 마시고 늦게 들어와도, 외박을 해도, 아이를 돌봐주지 않아도, 돈을 벌지 않아도 그래도 다 괜찮아. 내가 돈 벌고, 내가 아기 보고, 내가 집안일을 하면 되니까. 그 사람이 있는 것만으로도 감사하고 행복해.'
이 정도의 마음가짐이 있으면 결혼생활을 잘할 수 있습니다.

많은 분들이 "아니, 그렇게 살 거면 미쳤다고 결혼을 해?"라는 반응을 보일지도 모릅니다. 그러면 저는 이렇게 말할 것입니다. "미쳤기 때문에 결혼하는 것 아닌가요?"

저 정도까지는 아니지만, 위와 비슷한 상황이 수시로 벌어지는 게 결혼생활입니다. 한 사람이 마음을 완전히 비울 각오가 되어 있어야 행복한 결혼생활을 유지할 수 있습니다. 그럴 마음이 없다면 결혼은 안 하는 게 낫습니다. 남들 다 한다고 할 필요는 없습니다. 남들이 행복한 결혼생활을 하는 것처럼 보이는 것은 그래 보이는 것뿐일 수도 있습니다. 아이를 낳고 키우다 보면 그동안 느껴보지 못한 기쁨을 느끼는 순간도 있습니다. 하지만 경험해보지 못한 기쁨을 느낄 수 있다는 것은, 경험하지 못한 괴로움도 같이 느낄 수 있다는 것을 의미하기도 합니다. 육아에서 오는 육체적·정신적 괴로움은 말할 것도 없고 경제적으로도 어려울 수 있습니다. 결혼은 한마디로 평생을 건 베팅입니다.

완벽하지 못한 두 사람이 만나서 서로의 부족함을 채워주는 것은 이상적인 것처럼 보입니다. 현실에서 그 부족함은 일시적으로는 채워지는 것 같기도 합니다. 하지만 부족한 부분은 반드시 스스로가 채워야 합니다.

이상적인 결혼은 서로 부족함이 없는 완벽한 두 사람이 만나서 결혼을 하는 것입니다. 둘 중 한 사람이라도 완벽하다면, 이상적인 결혼생활을 할 수도 있습니다. 그런데 그런 결혼은 존재하기 힘듭니다. 완벽한 사람은 없기 때문입니다. 설령 부족한 것 없는 완벽한 사람이 있다 하더라도 그런 사람은 굳이 결혼하지 않을 것이기 때문에, 이상적인 결혼은 없다고 봐야 합니다. 그만큼 결혼생활이 힘들다는 것을 말하고 싶어서 이리도 길게 글을 썼습니다.

≈≈≈

물이 의도를 가진다면

물이 의도를 가진다면 어떻게 될까요?

예를 들어, '난 목마른 사람들의 목을 적셔주기 위해 이곳에 있어야겠어'라는 의도로 한곳에 머문다면, 좋은 의도와는 달리 썩어서 마실 수 없는 물이 될 것입니다.

자연의 법칙을 따라 높은 곳에서 낮은 곳으로 흐르고, 시냇물이 바닷물이 될 때, 증발하여 수증기가 되고 구름이 되었다가 다시 비가 되어 땅에 내릴 때, 의도치는 않았지만 더 이로운 결과를 낼수 있을 것입니다.

좋은 의도를 가지는 것은 좋습니다. 하지만 흘러야 할 때는 흘러
야만 합니다.

지금 마음먹은 것, 지금 하고 있는 일이 혹시 나쁜 결과를 불러올
지도 모르는 고집은 아닌지, 생각해보세요.

말로 태어났을 뿐인데

가족들과 제주도로 여행을 다녀왔습니다. 가장 최근에 나온 전기 차를 빌려서 타보니, 내연기관을 이용한 자동차가 머지않아 역사 속으로 사라질 것이라는 게 느껴졌어요. 기술이 과연 어디까지 발달할지 상상조차 할 수 없습니다.

밤이 되니 숙소 근처에 불빛으로 장식한 마차가 다니더군요. 썩 내키지는 않았지만, 아이들에게 추억이 되겠다 싶어 마차에 올랐습니다. 타기 전부터 기운이 없어 보이던 말은 역시나 마부가 채찍을 휘두른 다음에야 겨우 발을 움직이기 시작했습니다.

마음이 불편했습니다. 말은 단지 돈벌이의 수단으로 이용된 것이고, 말이 얻는 보상이라고는 고작 당근 정도일 테니까요.

들판을 신나게 달려야 할 말이 인간의 편리를 위해서 이용당하고 있습니다. 저는 인간이 수고로움을 덜기 위해 편리를 추구하는 것을 지지합니다. 다만 그 과정에서 다른 존재들에게 고통을 주는 것을 경계해야 한다는 것이죠. 인간의 편리 추구가 단지 인간만을 위한 것이 아닌, 모두를 위한 것이 될 수 있도록 항상 여러 측면을 살폈으면 하는 생각을 해봅니다.

아는 것과 아는 척하는 것

목이 마를 때, 병에 든 것이 물이라는 것을 안다면 주저하지 않고 마실 것입니다. 목이 마를 때, 병에 든 것이 소금물이라는 것을 안다면 마시지 않을 것입니다. 목이 마를 때, 병에 든 것이 무엇인지 모른다면 마시지 못할 것입니다. 목이 마를 때, 병에 든 것이 물이라고 낯선 이가 알려준다 해도 선뜻 마시지는 못할 것입니다. 목이 마를 때, 병에 든 것이 물이라 짐작해도 확실치 않다면 마시지 못할 것입니다.

확실한 앎은 행동을 수반합니다. 안다고 생각하면서 행할 수가 없다면, 그것은 아는 것이 아닙니다. 당신은 입으로 말하고 있습니까, 행동으로 말하고 있습니까?